第三章　幸福來自你的身旁

前言

提到中原淳一這個名字，大多數人腦中所浮現的，應該都是有著一雙靈動大眼的少女畫像，但其實淳一所留下的並不只有繪畫而已。在畫圖之外，他也針對五〇年代當時的女性及年少讀者們，訴說了許多有意涵的話語。

淳一透過雜誌所傳遞的這些話語，內容除了日常生活中的時尚及生活祕訣，還有在日常中管理情緒的、用字遣詞的方式等等。他用溫柔體貼的言詞，為女性和女孩們提供具體提案，向讀者們闡述身為女性、身為人該有的姿態。不少日本女性都曾表示因為在成長期有著淳一的雜誌陪伴，而得以形塑出豐富的精神世界。

現下進入了二十一世紀，淳一逝世已近四十年，由於許多當時的讀者熱切希望這些話語能夠被集結成冊，因此催生了這本書。

不管是用圖畫還是文字，也許中原淳一不斷傳遞著的，都是同樣的訊息吧。「希望能得到幸福」——這份期盼的心情，無論在什麼時代，都不會改變。

雖然這本書所收錄的，只是淳一留下來的圖畫及話語的一小部分，但當人們在祈禱「希望能得到幸福」時，最重要的關鍵是什麼？想必各位一定都能夠在這本書當中找到解答。

夏日星座 1947 年《向日葵》

繪畫與言語
的美術館

盡可能多去接觸美好的事物吧。因為接觸了美好的事物，會增添你的美麗。

中原淳一

「珍惜想要變美麗的心情」

我們之所以想要變得美麗，想來不會是為了要走在街上讓大家回過頭來大讚「真是美人哪」，理當是為了自己的心才是。

如果能夠想著「自己其實很美麗」，或是「自己並不醜」，那麼心情也會變得開朗。只要一直保持開朗的心，自然而然表情也會變得明亮起來。而且有了自信，也就能夠使得態度不再消極，因此更能將你本身擁有的「好」與「美」發揮到極致，展現在他人眼前。這麼一來，自然就會在他人心中留下「真是美人哪」、「實在是可愛的人呢」、或是「這個人感覺真好啊」這般印象。

「變得美麗」這件事絕非指過度濃妝豔抹，也不是穿著與身分不相襯的貴重衣物。而是不讓自己的缺點——也就是自己的不足與缺陷太過顯眼。這不只是為了自己而已，或該說是在與人面對面之時，為了不給對方帶來不愉快而去修飾自己。因此我認為無論是誰，都必須熱中於思考「變得美麗」這件事才行。

如果身在日本的人們，每個人今天都能夠比昨天變得更美一點點，那麼今天的日本就會成為比昨天的日本更美麗的國家。然後，如果明天又比今天更加美麗，日本就將會一直是個越來越精彩又美麗的國家。

所有人——其實就是指各位讀者每一個人，如果都能心想著要讓自己變得更美，時時在心中留意、稍作努力，最後就能讓你們所在之處成為極為美麗的國家。

「變得美麗」這件事絕非指過度濃妝豔抹，也不是穿著與身分不相襯的貴重衣物。而是不讓自己的缺點——也就是自己的不足與缺陷太過顯眼。這不只是爲了自己而已，或該說是在與人面對面之時，爲了不給對方帶來不愉快而去修飾自己。因此我認爲無論是誰，都必須更熱中於思考「變得美麗」這件事才行。

——摘自1971年《女性房間》第5期

《Junior Soleil》封面 1957 年

「真正時髦的人」

所謂「時髦的人」，是什麼樣的人呢？

是指想變得美麗的意志特別強的人。

不怎麼花錢，便能靈活展現美麗效果的人，也許只有天才吧。但比起不需努力的天才，通常不是天才的人，往往更會潛心研究要怎麼樣才能眞正變得美麗，最後反而能夠凌駕於天才之上。

總而言之，我期望大家都能成爲懂得運用巧思、靈活展現時尚，讓他人的心情也能隨之愉悅的人。

——摘自1958年〈爲了讓你變得更美麗〉

向日葵襯衫廣告原稿　1954 年

「珍惜小小的喜悅」

莫大的喜悅實際上沒有那麼容易獲得。因此，比起等待喜悅從天而降，還不如具備尋找自己身邊小小歡喜的事物，進而珍惜那些小小歡喜的心，即便是微不足道的事情。例如把剪下的舊格子布料代替不織布，鋪在丈夫的雨鞋裡作爲鞋墊，或是順利削好鉛筆、在窗邊放了盆花作爲裝飾等等皆好，什麼小事情都能是歡喜。

——摘自1950年《Soleil》14號

《少女之友》封面　1940 年

「幸福在你的心中」

幸福存在於心中——也就是說要靠自己，才能夠感受到幸福。就算身邊有許多會令人感覺幸福的事情，如果自己無法感受到「啊，我眞是幸福呢」，仍舊是與幸福擦肩而過，這樣的人也絕對無法得到幸福。我們要明白，如果想得到幸福，首先要學習成爲一個能夠自己感受到身邊幸福的人，這才是最重要的。

——摘自1956年《Junior Soleil》11月號

過往的日記　1951 年《向日葵》

「女性特質」

我曾聽某位女性說過：「根本不用特別強調『女性特質』吧。我就是女性，我所做的事、我的想法當然就帶有女性的特質啊。我覺得這樣就夠了。」

如果認為由於自己是女性，因此自身所作所為怎麼做都具備「女性特質」，套用在男性身上，也要認同每個男性任何作為都必定充滿「男子氣概」才對——但實際上並非如此。

我認為所謂的「女性特質」，是指將醞釀於「女性」之中的一切本質，用最美好的方式呈現出的樣態。像是一般認為女性相較於男性而言，情感更為豐富，但如果淪於情緒化的歇斯底里，乃至給對方帶來不愉快的感情用事，都不能稱之為「女性特質」。要用理性適當駕馭豐富的情感，展現出女性獨有的溫柔體貼與纖細敏銳，才能說得上是發揮了「女性特質」。

身為女性，遇上被要求「像個女人」的狀況時，或許有人會覺得這真是女性與生俱來就得背負的沉重十字架，而覺得身為女性很吃虧。

可是話說回來，男性何嘗不是從剛開始學步還搖搖晃晃的幼年期開始，就被叮嚀無數次「你可是個男孩子」呢。像是「你可是男孩子啊，所以別再哭了」，或是「男生要忍耐喔」、「因為你是男孩子，所以要堅強才行」諸如此類的話。

因此，男性在不知不覺間，也有了這樣的想法，認為自己不能哭、要忍耐、要堅強。

戰後，像是男女同權、男女平等之類的名詞遍布流傳於街坊，使母親們不禁陷入一種錯覺，認為是不是不該再用傳統概念養育女孩。但是，要將男孩養育成有男子氣概的男孩——這種心情卻始終沒改變吧。

無論是什麼時代，男性都被要求具有「男子氣概」，那麼女性被要求具有「女性特質」也仍是理所當然。

我認為，如果「男子氣概」指的是身為男性氣質上的長處，那麼「女性特質」所指，則是身為女性在本質上不該忽視，也無需刻意壓抑的特有優點。

一般認爲女性相較於男性而言，情感更爲豐富，但如果淪於情緒化的歇斯底里，乃至給對方帶來不愉快的感情用事，都不能稱之爲「女性特質」。要用理性適當駕馭豐富的情感，展現出女性獨有的溫柔體貼與纖細敏銳，才能說得上是發揮了「女性特質」。

——摘自1970年《女性房間》第2期

紫陽花　1937 年《少女之友》

「微笑」

某天，我的老友S拿著推薦信，帶著一位少女及她的母親，前來探訪我。

「我們剛好要來東京，我女兒常常說很希望能夠見上老師一面。」少女的母親如是說。接著，這位母親和我聊了許多，包括少女居住的家鄉、少女的校園生活、還有少女在家時總是很活潑之類的話題。這段時間裡，少女沒有開口說一句話，而無論問她什麼，少女也只用搖頭或點頭來代替回答「是」或「不是」，不只沒有適當的反應，連一點點笑容也見不著。讓我擔心起「她是不是在生什麼氣呢」。

沒過多久，這位少女離開東京回家後，寫了一封信給我，信中表示：「能與老師見面，我真的很高興。我當時僵住了，話都說不出來，後來才覺得當時應該要好好說話的。」我讀了這封信，才知道「啊，原來當時她並不是在生氣呀」，如果我沒有讀這封信，想必我始終不會對這位少女留下好印象。這位少女即使不擅長說話，若是在被人提問之時、或是我在說話的時候，能夠稍微露出一點點微笑，那麼我也不必多操心「她是不是生氣了」……。很遺憾地，直到收到這封信為止，每次一想起少女的事，都覺得心裡不舒服。

「微笑」看似無關緊要，但其實在人與人的交流之中，「微笑」扮演著非常重要的角色。對我而言，比起美麗又高傲的少女，即便長得沒那麼漂亮、但卻有著開朗微笑的少女，更讓我衷心覺得她很美好。而且，在每一天的生活當中，微笑可是不可或缺的呢。

大多數的少女與朋友在一起時，總是喧鬧得讓大人們皺起眉頭。或是總因為一點小事就笑翻天。然而這與人們在生活中必須擁有的「微笑」是不同的。而「微笑」與沒來由地嘴角上揚也不一樣。即便是在該認真時面露正經八百的神情，但如果遇到有人搭話或提問，也不要忘記回話時要同時展露開朗的微笑。

早晨打招呼時，如果光是嘴上問安卻一臉事不關己，那就只是制式的招呼。如果能伴隨著「微笑」向人問好，那麼聽到這聲早安的人，或許一整天都能有著好心情。若是這位少女無論何時都帶著開朗的「微笑」，那麼即使少女身在遠方，只要想起她，心情就會變得開朗起來。為了隨時都能面帶「微笑」，必須擁有健康開朗的好心情。而要是能夠不斷保持「微笑」，之後就會成為真正擁有發自內心的開朗與自信，成為美麗又健康的少女——幸福的少女。

還請各位無論何時，都請不要忘記面帶「微笑」。

「微笑」看似無關緊要，但其實在人與人的交流之中，「微笑」扮演著非常重要的角色。對我而言，比起美麗又高傲的少女，即便長得沒那麼漂亮、但卻有著開朗微笑的少女，更讓我衷心覺得她很美好。而且，在每一天的生活當中，微笑可是不可或缺的呢。

——摘自1950年《向日葵》7月號

《向日葵》封面　1948 年

「所謂愛」

愛是什麼呢？今時今日，「愛」幾乎是被當成「性」的代名詞來使用，成了廉價又充斥在街頭巷尾的氾濫詞彙。只是一提到「愛」，人們一般都會馬上聯想到「戀愛」的「愛」，也就是男女之間的相戀與相愛。但「戀愛」與「愛」其實是不同的，可以說戀愛只是眾多型態的愛情表現的其中一種吧。

我期望身為女性的各位，都能夠做一個富有深厚情感的人。然而光是深愛著戀人、丈夫或孩子，就能說是富有深厚情感的女性嗎？

早晨起床睜開眼，就立即開啟了忙碌一天的序幕。即便有許多雜務得處理，也希望各位能夠帶著愛的心情度過一整天。

例如準備早餐時，能夠投注愛意燒飯做菜給吃早餐的每一個人。打開窗戶，呼吸滿滿的新鮮空氣，因此感到幸福，爾後給窗邊的盆栽澆水時，也能順勢灌注愛意於其中。打掃時，當然不僅是對於住在屋子裡的人，而是連對家具、柱子或牆壁都能傾注滿滿的愛，這般深情的的女性。

若是在外工作的女性，比如在打字的時候，希望也能對每個字都灌注愛。幫忙倒茶，也可以思考一下自己倒的茶在職場裡，究竟是要發揮什麼樣的效用，進而用滿溢的愛意來倒茶。

將洗好的潔淨衣服收進室內時，能夠在心中感受到滿滿的幸福與愛，對著鏡子把頭髮梳起、與丈夫或同事見面時，都能秉持著愛，以對方的感受為尊……。別讓丈夫或戀人獨占你充滿愛意的心，希望你也能去深愛身邊的所有事物。

即便世事變化快得令人目不暇給，無論文明如何進化，也請你千萬不要脫口而出「自己才沒辦法過得那麼溫暖從容」。

只要活在這世上，我想我們都需要對於「何謂深厚情感」、「所謂愛為何物」有所領悟的聰慧女性在身旁陪伴。

我期望，身爲女性的各位都能夠做一個富有深厚情感的人。

例如準備早餐時，能夠投注愛意燒飯做菜給吃早餐的每一個人。打開窗戶，呼吸滿滿的新鮮空氣，因此感到幸福，爾後給窗邊的盆栽澆水時，也能順勢灌注愛意於其中。打掃時，當然不僅是對於住在屋子裡的人，而是連對家具、柱子或牆壁都能傾注滿滿的愛，這般深情的的女性。

別讓丈夫或戀人獨占你充滿愛意的心，希望你也能去深愛身邊的所有事物。

——摘自1970年《女性房間》第3期

某個晴天

「所謂美」

「美麗」與「醜陋」相比，當然是「美麗」比較好。

美麗的心、美麗的詞藻、美麗的居住環境、美麗的生活、美麗的友情、美麗的動作、美麗的裝扮、美麗的人，等等。沒有任何一項是加上「醜陋」會變得更好的。因此，我們會想要用美麗來裝飾身旁的所有事物。

也許會有人覺得「比起外表，內在更重要」，這是指不用拘泥於外表，但若內在美麗的人，外表也美，不是更好嗎？

我們與人第一次相遇時，若感到「這人很好」或「覺得這人不是很好」，難道是屏除了外在、只憑內在便做出判斷？

不，並非只憑內在便能決定。如果表示「喜歡」或「討厭」，當然也包括了外在。或許你會這麼認為：「好人」或「壞人」，照理說是與外表無關的。遺憾的是，無論如何，人們在下判斷時，都無法不被外在影響。覺得「好」或「壞」的時候，這份判斷一定會無意識地也包含了對方的外在。

身為人，當然必須提升自己的內在，但若因此就認為外在完全不重要，也太矯枉過正。也就是說，如果有一種美麗，只能從內在散發出來——那麼無論外在長相如何，大家都必須提升內在之美才能得到這種深邃的美麗。

若只求和人在路上擦身而過時能聽見「真美呀」或「真帥哪」這類讚賞，那麼的確只需顧好外表就行，但若要與人長久相處，只靠外表是無法使人們衷心讚嘆的。一個人的美好與亮麗要能更上層樓，終究還是取決於內在的美好。

不過，若原本就貌不驚人，想讓對方感受到內在的好，勢必得要比長得漂亮的人付出更多倍的努力。「美醜」絕不是靠是否天生長得美麗便能分高下，令人愉悅的說話方式、爽朗的笑容、清潔的裝扮、品味良好的色彩搭配、俐落敏捷的身手、恰到好處的時尚感，這些都一定能夠帶給對方舒適的好印象。即使對「外貌美麗」沒有自信，也請堅持給人爽朗的印象——請帶著自信，相信自己做得到。無論是誰都能夠辦得到。

最後，請絕對不要以為人長得漂亮就可憑藉美麗任性而為。要同時具備內在的美好，才能真正算是一位「美麗佳人」。

令人愉悅的說話方式、爽朗的笑容、清潔的裝扮、品味良好的色彩搭配、俐落敏捷的身手、恰到好處的時尚感，這些都一定能夠帶給對方舒適的好印象。即使對「外貌美麗」沒有自信，也請堅持給人爽朗的印象——請帶著自信，相信自己做得到。無論是誰都能夠辦得到。

——摘自1970年《女性房間》第4期

樹蔭　1938 年

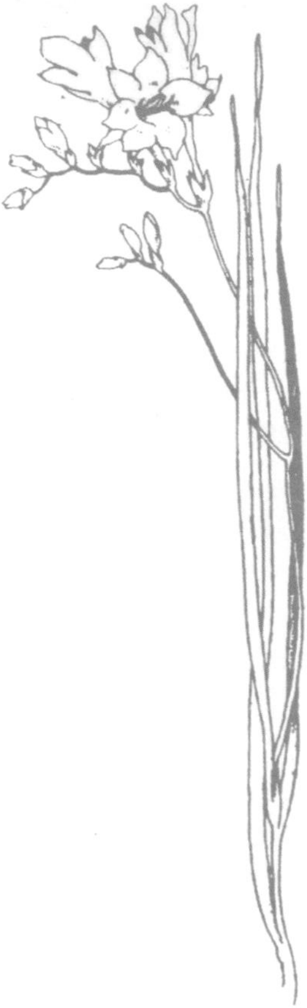

「所謂新」

時尚風潮年年不同，或許今日流行穿長裙，隔不久又人人穿上了短裙，時髦髮型總是多有變化，甚至鞋跟的粗細也有其風尚。調整這些衣裝髮飾製造新鮮感，是讓人很開心的事情。

不過，最近的大眾媒體，卻有種連我們身而為人的生活樣式、思維模式都賦予群體流行化的傾向，指稱「這樣的生活才率性」、「這樣的想法才新穎」，以創新之名，企圖帶動一股又一股的風潮博取關注。

還請各位千萬不要隨波逐流，把人生當成是裙子長短或百變髮型來看待。

現今被稱作陳腐過時的習慣或生活樣式中，實際上的確有許多理當割捨的陋習——但在當中，有的也不應該被捨棄。

經過好幾千年的漫長歲月，人類經年累月累積下來許多思維，建構出將人類導向幸福的基本要素。而這些思維之所以能延續至今，正是因為其為「人類」這種動物的本質需求。

所以，在其中的許多思維乃至事物，都不是只靠這些一時興起的想法、或是不負責任所掀起的風潮，就能夠用「不夠新穎」、「這已經過時了」來一筆勾銷的。

倒不如說，「無論時代如何變遷都不會過時」的思維與事物——才正是能被稱為「新」的事物。

人生可不是隨流行變換的裙子長短而已。

人生可不是隨流行變換的裙子長短而已。

——摘自1971年《女性房間》第5期

令人愉悅的服裝　1940 年《服裝繪本》

第一章

將生活變得愉快又美麗

對中原淳一來說，「活得美麗」是永遠的課題。淳一教導我們要重視每天的生活，珍惜並憐愛一切的心會讓你的人生更加輝煌。本章將介紹讓生活更美好的提案。

〈閣樓裡的少女〉 1951 年《向日葵》

淳一絵.
LA VEILLEE DE JEAN-

「懶惰無法過著美麗的生活」

先前，我曾當過一位小姐的媒人。

她有兩個弟弟，是三位兄弟姊妹當中的長女。從小她父親就去世了，母親擅長英文，在某間以外國人為客戶的公司做口譯，把姊弟三人養大。她在國小時，就代替母親照顧兩位弟弟。

因此，她有著非常踏實的一面，但另一方面，性格又很可愛。

從她訂婚之後直到結婚那天，大約有一年的時間。在這段期間內，她利用空檔，使用之前自己做洋裝剩下的布料、以及一有機會就在布店買下的零碎布邊，縫製了可愛的圍裙及桌布、桌巾，還有枕頭套、化妝用的刷毛套，以及廚房用的毛巾及抹布之類的日用小東西。

她不僅一個人包辦了所有家事，還很開心地使勁做這些物品。並且一個個縫上了名字的縮寫文字，或是縫上可愛的花朵、接上裝飾花邊。而這些圍裙或枕頭套，還不只是一、兩件而已。光是圍裙她就做了十幾件，枕頭套也做了一星期的替換數量，兩個人總共就是十四件。這些生活小物，多到放滿了衣櫃的一整個抽屜。

她家裡有一個小庭院，也由於她勤於照顧，無論什麼季節都開著花，走廊迎著日照，排著盆栽，宛如一個溫室。這些盆栽也不是每年買來換的，聽說只要花謝了，她就會立刻把植物移到庭院當中種植，到了春天再移回花盆中。若是懶惰，是無法過著這樣的生活。

「讓花朵永恆持久的方法」

有句話說「花與果實讓財產散盡」，但我對這句話實在反感。我總覺得房間內一定不能少了花，而且我很喜歡在房間裡面擺著果實。

然而話說回來，夏天的花比冬天賣得便宜，但可惜夏天的花枯萎得快。可能就是因為買了這些很快會枯萎的花朵，人們才會說「讓財產散盡」吧。

巴黎的店舖〈如夢一般的花店〉　1951年《向日葵》

既然如此，那麼不如就來思考能讓這些花朵永恆持久的方法。

我想各位應該都知道，每大替插花換水，並且將莖一點一點剪短，是讓花朵持久的方式，而要是見到花朵開始凋零——其實比起花朵，枯萎現象大多是從葉片開始，但是也別一看到葉枯就認為花已經不行了。若葉片泛黃，那麼就將葉片全部摘下，只留下花朵。

接著請從庭院裡摘採五、六片葉子——什麼樣的葉子都可以，即便是摘雜草也行，把它們和剩下的花朵插在一起吧。即使花和葉子不是同根生，也一點都不成問題，畢竟花朵就是要配上綠葉才美麗。如此一來，我們便能夠讓花朵再美麗個三、四天。

接著，如果花朵某個部分開始枯萎，看起來垂頭喪氣，一般來說就算是已快走到盡頭，但請還不要在這時就把花丟掉，只要將花朵部分摘下。找個美麗的玻璃容器或盤子，裝些水，讓花朵像是蓮花一般在水面上漂浮，那將會是多麼美麗哪。而且這樣做，又可以再放上個兩、三天呢。

「改變用餐場所能轉換心情」

每天都要吃飯，而且一天還要吃上三餐。請不要認定用餐就是必須天天坐在同一張餐桌前，找個理由，偶爾改變一下用餐場所，將會有意想不到的樂趣。例如「孩子今天考試考得很好」或「今天老家寄來了紅豆，所以煮了紅豆飯」諸如此類……或是「今天姊姊燙了頭髮，做了造型很漂亮」這樣的藉口也行。

即便只是小事，只要家裡稍微有一些令人開心的事情，那麼今天的晚餐就不要在原本的餐桌上吃，可以改在八疊大的塌塌米客廳。在桌上鋪個桌巾，再裝飾些花朵吧，去花店買最便宜的花也行。不需準備特別的料理，只要花一點心思，把餐桌改在客廳，就能讓生活樂趣倍增，不是嗎？

如果家中有庭院，那麼發薪日的隔天早上，太太可以比平常稍微早起一些，比平常多花點心思打扮，在庭院中擺上桌椅，給這天的早餐換個地點。在庭院中吃早餐，就能夠改變心情，餐具也請使用比平常好一點的吧。

家中每個成員的生日，還有女兒節、七夕、小孩的畢業典禮等等，當然結婚紀念日、小嬰兒第一次爬行的日子，孩子得到了好成績或是第一次自己去幼稚園那天，什麼樣的理由都可以。只要是自己家中稍微值得紀念的日子、令人開心的日子，太太都可以藉此試著改變用餐的場所，或在餐桌的擺飾下點心思。

「美麗的日式紙門」

「日本住宅之美，在於紙門。」據說有位知名的西洋建築家造訪日本時曾這麼說過。

最近常見到西式房間中也設有美麗的日式紙門，我覺得並沒有什麼不妥。貼著純白紙張的日式紙門，真的很漂亮。但反過來，如果窗紙舊了而變成褐色，或是破了，那樣的紙門則會給人帶來窮酸感。剛貼好的紙門，要是上頭破了一個洞，會令人感到錯愕。一張破掉的紙門，甚至會給人整個家都不對勁的觀感。

話說回來，秋日即將接近尾聲之時，各位家中的紙門是否有破損呢？如果發現窗紙泛黃了，即便沒有破，也請積極換上新的紙張，用來迎接神清氣爽的冬日。

拆下窗紙之後，請順道洗一洗紙門的門框吧。若只是把紙拆掉，總還是讓人覺得不暢快，把門框洗一洗，便會看起清新舒爽，氣氛完全不同。洗完之後，便能抱著清爽的心情，度過接下來的一年。

我認識的某位太太，總是費心思在居住環境上，我每次造訪她家，都覺得整個空間布置得非常舒服。某次造訪時，發現她家的白色紙門很特別，只有下面三層用藍色的浴衣布料貼成了秋草模樣，真的非常好看，也讓我深深感到這位太太實在很有品味。

然而一問之下，才得知原來是家裡的貓會抓紙門，每次換了新的紙，還是立刻被貓抓破了，所以她才靈機一動把自己的浴衣貼在紙門上面呢。

「茶杯與茶托的搭配」

在日本，遇到有客人來訪，會給訪客奉上一杯茶。至於國外，我不清楚各個國家的狀況，但至少在法國、義大利等國，就沒有這種優良的習慣。

日本人一般會將茶杯放在茶托上端出來，有時候，你會看到茶杯與茶托搭配得非常美，乃至令人驚豔。受到這般款待，不但使得品茶本身變得極為欣喜，在心中留下深刻印象，連對方的品格也同時銘記於心。

我認為茶杯與茶托的關係，就像是和服與腰帶的關係一樣。舉例來說，現在如果有一件綠色的和服，為了搭配，會選擇大紅色、黃色或黑色的腰帶，抑或選擇與和服同樣色系，但深淺不同的綠色──同一件和服隨著搭配不同的腰帶，會展露出完全不同的視覺印象。

假設在此處有個綠色的茶杯，若放在顏色更深的綠色茶托上，那麼深綠色茶托與亮綠色茶杯，這種濃淡的組合會帶來美麗清澈的協調感，連周圍的空氣都會隨之讓人感到清澄。如果改成大紅色的茶托，那麼茶杯就像是被綠葉包圍綻放的大紅色茶花，惹人憐愛。如果改成黑色茶托，則會顯得沉穩有分量。

不要將茶托當成只是墊在茶杯下面的物品，要看作是出門前考慮今天的和服要如何搭配腰帶那樣；端茶給客人前，也要考慮這個茶杯要搭配什麼茶托，依照當天的感覺，選擇最適合的。茶托並非只準備一組就夠了，請盡可能準備好幾組，體會各種搭配的樂趣。

「洗臉台的毛巾」

各位家裡的洗臉台，有幾條毛巾呢？

據說日本大多數的五人家庭裡，家中總是準備著三、四條毛巾——這是來自某個調查訪問的結果，我想應該所言不假。也就是說，大家並沒有屬於自己的毛巾，於是早上洗臉時，每個人都是從幾條毛巾當中盡量找一條乾的來擦臉，而由於家中的毛巾數量比人少，這麼一來，後來洗臉的家人想必都得要忍著拿著別人用過、多少有點濕濕的毛巾往臉上擦。以衛生層面來說這並不妥當，更重要的是，在需要神清氣爽的早晨遇上這種事情，怎麼說都會令人心情欠佳。要改善這種情況，首先還請務必準備好與家中人數相同數量的毛巾。

接著，請分配並要求每個人僅使用自己的毛巾，即使只是稍微拿來擦一下手，也絕對不可使用別人的毛巾。只要注意這點，早上洗臉時，就絕對不會再有必須拿濕毛巾擦臉這種事情發生了。

最後，待家人們梳洗完畢，還請各位主婦們將家裡所有的毛巾再次用水稍微簡單洗過，確實晾乾。

只要每天這樣做，無論是誰的毛巾、何時使用過，都能夠保持清潔乾爽。只要這點小小的用心，就能夠讓家人迎接神清氣爽的早晨，帶來愉悅的生活。

「整理能讓生活舒適」

整理，是讓自己生活變得舒適的第一要件。美麗又愉悅的生活，不是過給別人欣賞的，而是為了自己。如果突然想要找某樣東西，卻沒能在該在的地方看到，就這樣翻翻找找，花上了大半天才找到，那麼為此花掉的這大半天時間，將是很可惜的損失。而在這翻找之間，我們會感到焦慮，或是因為反覆搬動重物而感覺疲勞，更糟的是如果在重物之下發現要找的重要物品已經被壓扁，更是挫折。但到頭來都是因為自己疏於整理，才讓自己的心情變得如此糟糕。

有些不知何時用得上的東西，卻總覺得「好像留著會有用」，結果一直擺著，終究來不及整理——最近常有人提倡這樣的東西最好全部丟掉，的確，在丟棄之後的當下會讓人鬆了一口氣，但也有留下來會比較好的情況。因此，無論如何都不想丟掉的東西，若是體積較小，可以在分類後放進最近購物留下來的紙袋或塑膠袋裡，為了在堆疊收納袋子時仍能迅速找到想要的東西，拿寄包裹用的標籤吊牌寫下

向日葵服裝儀容專欄　1948 年《向日葵》

壁櫥的巧思　1948 年《向日葵》

袋中的物品名稱，掛在袋子上，也不失為一個好的解決辦法。

整理物品時，只要分類並且放入袋中，心情就會舒暢了，但在急用時若必須一個個確認袋中物品是很麻煩的，而且也不可能記得每一個袋子裡的每樣東西。比起掛上標籤吊牌花費的時間精力，遍尋不著東西時要花費的時間精力將更令人疲憊，因此請不要嫌多一道工夫很麻煩。

「不間斷寫了七十年日記的人」

我認識某位寡婦，她去世的丈夫是醫學博士，聽說她在明治三十五年（一九〇二年）時就讀國小三年級，所以年紀大概已是約七十後半吧。而她從明治三十五年三月二十一日到今天為止，也就是七十年來不間斷地寫日記，一天也沒少過。

據說就連去旅行時，或是生病無法在日記本上寫字時，她也會把當天發生的事情記在手邊的紙上，之後再謄進日記本，就這樣持續寫下來。

這位太太在很好的家庭環境中長大，二十歲時與醫生結婚，十年後她的丈夫成了博士。這十年之內，她的丈夫為了研究並書寫論文，終日不眠不休，在經濟上、或其他方面，據說都十分辛苦。

其後她的丈夫成了非常了不起的醫生，我認識這位太太時，她正處於最幸福的時期，但她的丈夫在戰時去世了，因為空襲，讓她失去了家和衣服，甚至財產都沒能保住。不過很幸運地，她長年來持續書寫的日記本，由於收在寄放於疏散地的行李當中，得以倖免於難。

她現在住在公寓一角的小房間當中，教小孩們彈鋼琴，獨自一個人過日子。即便境遇如此坎坷，當她偶爾回頭來讀讀持續書寫的日記，回想起從國小至今的每一天，不論是痛苦或幸福，寫在這日記上的每一頁，都是令她懷念的回憶。按照她的說法，這些回憶是在自己現今的孤獨生活裡一股「很強大的支撐力量」。

我驚訝於她能夠七十年來持續書寫日記，同時領悟到了書寫日記的意義。各位不妨也從今年開始寫日記吧，如何？

「奢侈與浪費和小氣的不同」

在戰時的日本，「奢侈為敵」這句標語可說是熱門金句，隨處可見。但來到現下，卻似乎已經變成以「奢侈為佳」為風潮的時代了。

太奢侈是不好的，但某些時候如果奢侈一下，生活會更愉快吧。不過花了錢若沒有對誰有所幫助，而只是無意義地花錢，那連「奢侈」都稱不上，得說是「浪費」了。

在不需要花那麼多錢就能解決的事情上花了錢，也許也會有人覺得很浪費。不過，舉房間裡的電燈為例吧，小房間只要用六十瓦的燈泡便夠亮了，卻裝上一百瓦的燈泡——表面上看起來好像很浪費，但如果房間更加明亮，生活因此變得愉快，這樣稍微奢侈一下，或許不應被稱作是浪費。

然而倘若房間只用了六十瓦的燈泡，卻不小心在沒人時也一直開著燈，這完全就只是浪費了。不過就只是一下下而已——我們常常會因為這樣想，於是離開房間時不隨手關燈。即使是很短的時間，把沒人在的房間照得光亮，沒有半個人享受到好處，這就只是浪費而已。

也許會有人認為，只是短暫離開房間也要一次又一次關燈，是種「小氣」的行為。這種想法是不對的。所謂「小氣」，是指那種覺得買了電視會看、看了會花電費，因為捨不得繳錢付電費，所以不買電視，或是為了省電費，主張吃完晚餐就要快點睡覺等等，這種每天緊盯小錢在斤斤計較的人。

「看似幸福，就是幸福」

有一戶人家，家裡飯廳的窗戶開在面對馬路這一側，到了晚上，從庭院中樹木的縫隙間，總能見到隔著青綠色窗簾透出屋內的光亮。而屋中也不時傳來孩童們的笑聲。看到這扇窗中燈火的人，無論是誰想必都會覺得「好像很幸福」吧。

不過，這個家裡的太太卻表示：「常常有人路過看到那扇窗就這麼說，可是窗中的我，有時候和丈夫鬧得不愉快，彼此一言不發，氣氛十分尷尬呢。而且我家也有許多不足為外人道的事情呀。」

我聽到這番話，心想原來如此，只憑透過窗簾看到的燈火、以及孩童的笑聲，就覺得住在裡面的人非常幸福，這不一定是對的。不過「在他人看來，好像很幸福」這件事情，不也是當事人是否感到幸福的要素之一嗎？

也就是說，即使窗中的妻子與丈夫在冷戰，不發一語，但家中有庭院、有青綠色的窗簾及孩童的笑聲——已經比什麼都沒有的人們，來得幸福吧。

聽我這麼說，這位妻子也露出了開朗的表情，笑說：「這麼說來的確如此呢。比起怎麼看都不讓人覺得幸福的家，也算是幸福了吧。」

梅特林克所著《青鳥》一書中，泰爾和米蒂兒這對兄妹找了半天也始終沒找到的「青鳥」，仔細一瞧，原來不就在自己家窗邊嗎？請各位一件件去細數，自己的身邊究竟有多少幸福吧。

透過澄澈的窗
仰望春日晴空

綠意之時 1947 年《向日葵》

Column 1

春日工作

1954年《Soleil》第29期

即便對方並非美若天仙，和有著澄澈眼神的人面對面交談之時，總是會感到心情十分愉悅。

窗戶就像是房間的眼睛。因此，當然會希望這雙眼睛保持美麗。縱使屋內的高級家具多麼齊全，如果沒擦亮房間的眼睛，蒙上一層模糊不清的灰塵，也是枉然。

春天已經到來了。

為了能夠透過澄澈的玻璃窗仰望明亮的春日晴空，請各位現在就捲起袖子，動手好好擦拭玻璃吧。

換窗簾以喚醒房內春天色彩

到了春天，便能將至今為止厚重的冬用窗簾取下，換上明亮的春用窗簾，這是多麼讓人開心的事情。

不過窗簾很容易褪色。若冬用窗簾褪了色，取下之後請立刻重新染色再收好。

除了可以染上原本的顏色，各位若是一時興起，把白窗簾染成黃色、或將粉紅色窗簾染成紅色，也是很有意思的喔。

放一盆櫻草窗邊飄香報春來

春天是花朵綻放的季節。只要有庭院，無論庭院再怎麼小，當飄出新葉的氣味，眼見花朵齊放，便會令人切身感受到美麗的春日季節到來。

若沒有庭院，那麼只要不間斷地在窗邊或桌上擺上花朵，便能讓春天來到的喜訊充滿屋中。至於比起買花來裝飾，自己種一盆花更為經濟實惠。還請每天澆水並放在窗邊曬太陽，一同感受花朵生長的喜悅。

用白色的鞋與手套幻化春裝

此時此刻若能夠從頭到腳都換上春天的裝扮，就不用猶豫了。但是若因故只能脫下厚重的大衣，不得不穿著上一季的洋裝來度過整個春天，那就請各位換上白色的鞋子吧。

千萬不要認為白鞋是夏天的配件，請把它當成春天的裝飾品。

只要有了白色鞋子與手套，原本穿著的舊洋裝也會帶來新鮮感，就像是閃爍著春色般，為各位增添光彩。

美麗圍裙是開心的春天居家服

外出時我們總會極盡心力打扮，但卻往往忘了對在家裡的穿著多用點心思。為了讓春天的每個瞬間都能令人愉悅，還請各位在居家服上稍微下點工夫吧。首先，讓我們從只要一點點剩餘布料就能完成的美麗圍裙開始——如果能事先做好幾條漂亮又令人看起來心情愉快的圍裙，一天內換上幾次，那麼每次都能用嶄新的心情來生活，不是很棒嗎？

寄情於書信時 無論讀寫都溫馨

各位不覺得在氣候舒適的春天，若突然收到意想不到的人來信，會讓人一整天更覺欣喜嗎？請在今天整理一下手邊的通訊錄吧。喚醒你心中對每個朋友的回憶，給他們寫封信。即使短短幾句也好，體會一下撰寫充滿懷念之情的書信時會有多麼愉悅。

這麼一來，想必各位就會很快又收到來自各方的回信，能再度嘗到收信的愉悅滋味了。

為你親手做的菜 添一朵春色

年輕的你啊！至少在星期日的晚上讓母親休息，請各位親自動手做晚餐吧。這麼做，也絕對會對各位的婚後生活有所幫助。

接著，讓春色為我們的料理來添上一朵花吧。

將庭院中摘下的瑪格麗特稍微裝飾在沙拉盤當中，或是在吐司旁邊撒上金魚草的花瓣，一點小小心思，就能使料理更芬芳。

清爽的早晨 始於乾淨的牙刷

要在每個人都匆忙趕著出門的早晨，讓心情更為輕鬆愉快些，託付給一支半濕不乾、刷毛都開花的牙刷是辦不到的。請設定一個日子，將全家人的牙刷都換上新的吧。

洗臉台上整齊排列著新牙刷，這樣的早晨多令人感到清爽舒適啊。

用完之後，為了讓牙刷乾得快，接著請將刷毛向上，若能夠盡量放在曬得到日照的地方，效果更佳。

衷心地期望 總有一天會如願

有時雖然心中明白那麼做就能更好更順心，但畢竟長久以來的習慣很難改，抑或終究還是嫌麻煩，結果仍舊什麼也沒做……。

也許會有人認為「這種事本來就很難做到吧」，但若是真心希望如此，其實人沒什麼不能克服的。如果衷心希望自己能夠一直都美麗，那些繁瑣化妝步驟絕對也是能每天重複一遍的，給各位做個參考。

第二章

為了讓你更美麗

為了活得更美麗，中原淳一不斷訴說在培養內在美的同時，也要提升外在美的重要性。本章將介紹數篇直到今日，仍然能綻放著清新光芒的時尚精髓。

出自〈造型書〉1953年

令人印象深刻的領口　1953年

「流行從何而來？」

流行究竟從何而來呢？

各位是否曾經想過，要是沒有所謂「流行」，一套衣服好好的，只需要很珍惜地穿脫保養，就能好好地穿上十年、二十年，為什麼要為了符合「流行」這種無謂的潮流而耗費精神呢？

的確。但所謂人，即便是在無意識之下，或多或少都會像是本能般地有著追求「更美的事物」這種想法。再進一步地說，如果去分解心中感受到的「美麗」，應該會發現其中有一半也包含了「新鮮感」。

因此，要是美麗的程度不相上下，那麼比起每天看習慣的，新接觸到的事物則會讓人覺得更美。甚至就算新的事物比起看慣的還稍有不及，人們也仍然容易被新的事物吸引。

所以，就算是之前覺得非常美麗的洋裝，穿了兩、三年，終究會失去最初的感動。此時如果看到了有新鮮感的服飾——便會為之驚豔，見異思遷了，這不是很自然的趨向嗎？

簡單來說，就是這般心態造成了「流行」這種現象。不過，倒不是只要展示新的東西，說這就是流行，人們就會一擁而上。

流行有其時機，當目前的穿著趨勢沒有辦法激起人們的感動之際，若在此時展示出與之不同的嶄新美感，人們就會心動——這還不能只有一、兩個人，要是大家都升起同樣的新鮮感並且喜愛時，下一波的「流行」便會就此誕生。

COLOUR and COLOUR 1970年〈女性房間〉

「依照場合考量穿著」

外出時若猶豫要穿什麼衣服，那麼首先要考量的要素是「目的地」，一定要運用TPO——時間（TIME）、地點（PLACE）、場合（OCCASION）——的法則來決定，這是無庸置疑的。

最能讓你顯出美麗的，是你身上的衣著與所在之處不但切合，還融為一體。

也就是說，若受邀參加婚宴，不只要穿得華麗，甚至得稍微貴氣些。如果是上英文會話課或去圖書館，那麼色彩就不該太鮮豔，整齊美觀便是最佳穿搭。

觀賞歌舞伎演出時，穿和服最合適，聽爵士樂演奏時，就應該穿洋裝。此時就算穿著再美麗的和服，也會讓人覺得不搭配。

擦鞋子的時候適合穿牛仔褲，而廚房裡掛著的白色圍裙，則總是散發著令人目不轉睛的美麗。

各位是否曾經犯過這樣的錯呢？受邀出席像是婚宴派對之類的場合，明明知道應該要穿著正式一點的衣服出席，但目前手邊適合這類場合的洋裝卻是去年做的，最近做的衣服又只有格子花樣的日常便服。雖然心中覺得不太妥當，但又覺得自己穿新衣服會更有新鮮感、更好看，對穿上舊洋裝提不起興趣。天人交戰許久後，最後穿上了喜歡的格子花樣新衣出門，可是才一到會場，就發現大家穿的不是小禮服就是和服正裝，整個會場氣氛華麗極了。本來還不那麼在意，漸漸地覺得好像只有自己跑錯地方了，心中頓時感到淒涼。

這下子，周遭的人們看著你不可能覺得你有多美，千萬要避免喔。

COLOUR and COLOUR 1970年〈女性房間〉

「找出合適服裝的方法」

無論是和服或洋裝，就算覺得他人穿起來很好看，也不代表自己穿了同樣的衣服會一樣合適。因此歸納出「不要模仿別人的穿搭」的結論——我時常在女性雜誌或報紙的婦女專欄看到這樣的論述。

的確，無論是誰，確實都應該了解自己的個性，做出符合個性的裝扮。但對於經驗有限的年輕人而言，要在短時間內掌握自己的個性並且一穿就到位，我想是很難辦到的。當然也許會有少數人能夠辦到，不過在此我想就普遍的狀況來說明。

年輕時，若見到他人的裝扮感覺很不錯，並且心生「我也想穿！」的念頭，那麼就不用猶豫，好好向對方學習，盡快嘗試穿穿看。

但是，只是想著穿穿看，或是如願穿上之後就只是感到非常高興，那是不行的。要用研究的眼光，再次觀察是否真的適合自己。

接著，如果穿過之後覺得「不適合」，也不要立刻認為「糟糕，這個穿法不適合我」而立刻棄之如敝屣，而是要仔細研究「究竟是哪裡不適合」——是顏色嗎？

還是版型剪裁不當，與自己的體型不合呢？或是髮型與這件衣服不搭的關係呢？從各方面去思考。

如此反覆嘗試，重複推敲之後，各位應當就能找出真正適合自己的裝扮了。而那也應該會是最適合你、最能發揮你獨自個性的穿搭裝扮。

COLOUR and COLOUR 1970年〈女性房間〉

「身體曲線不是問題」

體型豐滿的女人，總想穿上能夠把腰部束得緊緊的衣服。仔細想想，應該是因為她們想讓胸部或腰部看起來更細，但事實上並不是那麼容易。

她們或許認為，只要穿上塑身衣束緊腹部，腰圍就會變細，再將洋裝剪裁到極為貼身，藉此來凸顯腰部的纖細。不過，僅僅硬是把腹部束緊，將身材弄得看來好似蜜蜂般的葫蘆形，也沒有任何人會同意這叫瘦，況且將腰部束得緊緊的服裝，早已是幾十年前過氣的款式了，如今看來只會覺得很老氣。

其實是胖是瘦，和美醜與否，應該是互不相關的。體型豐滿的人，有種豐腴之美，這是在纖瘦的人身上看不到的，那麼還不如強調這個特色。

話雖如此，如果體型豐滿的人因為在意身材，成天穿著鬆鬆垮垮的衣服，又會完全看不出線條，這也是可惜了。當然，穿著繃得很緊的洋裝也不合適，請務必慎選版型，穿著能夠柔軟地包覆豐腴體型的服裝。

如果不是買成衣，而是去店裡訂做，那麼比起纖瘦的人，體型豐滿的人對服裝款式需多加思量。

身材纖瘦的人之所以占便宜，在於她們就算穿上了做工很差，甚至版型不合的衣服，想要蒙混過去通常並不困難，但對於體型豐滿的人而言，就沒這麼容易了。因此我建議體型豐滿的人在購買衣服時，請務必仔細挑選版型與款式。並且請對於自己的豐腴，抱持自信。

COLOUR and COLOUR 1970年〈女性房間〉

「重視外表看不見的貼身衣物」

有些人認為「花大錢在買內衣上實在太過頭」。

說來的確如此。

想買那件衣服、也想做這件襯衫，還有許多配件若是不備齊，可能無法應付不時之需，到時家裡沒有就麻煩了。而到了冬天，想到今年應該換件防寒大衣……這麼想來，內衣——也就是貼身衣物的優先順位，自然就會被一再往後推了吧。

可是，洗完澡後若換上乾淨的貼身衣物，不但能使自己的心情開朗，從裡到外清潔舒爽，更能讓自己不管跟誰見面都保持自信。反過來說，即使外面穿的是同一套衣服，如果貼身衣物骯髒得不忍卒睹，就算自己沒有清楚意識到，心中的芥蒂也會讓自己在不知不覺中表現出消極態度，與人見面時，甚至可能會感到自卑。

雖然橫豎是外人看不到的貼身衣物，但請各位切記，只要稍微影響到心情，就會在不知不覺中顯露於當事者的表情與態度上，給對方的印象也會變差。

我想這就和在良好環境長大、生活豐裕的的人，即便不是長得特別美，也會給人很美的印象一事，有著相同的道理——即便只有自己心底知道，但問心無愧就會有自信。

因此，如果貼身衣物美觀又乾淨，會給自己帶來很大的自信，並且是創造出打從心底發光發熱的美麗要素之。希望各位能明白這個道理。

COLOUR and COLOUR 1970年〈女性房間〉

「每個日本人都能讓和服顯得美麗」

在某個新年已過了幾天的星期日，街上穿著「訪問著」的女性身影也少了許多，與朋友有約的我在街角等待對方的來到。

此時，我發現身邊有位年輕女性，看起來好像也是在等人。她穿著底色粉紅、上面有美麗花朵圖案的訪問著，手上拿著白色披肩。與其說她個頭很小，不如說她真的很矮，而且長相也絕對稱不上是美人——暫且不論長相，看著這位難得穿著訪問著的女性，我心想要是她的身高能再稍微高一些，看起來一定更耀眼吧。然而人能夠長得多高，畢竟不是自己能決定的，這麼一想，又覺得實在遺憾。

不過如果她穿的是洋裝，那又會如何呢？說起來洋裝並沒有「適合身高較高的人」這種問題，所以會更好嗎？但即便是禮服，前提若是走在街上，也不適合有太多裝飾或花色，而一般人也鮮少會在衣櫃裡備有搭配正裝用的長大衣。

即使這位難以稱得上是美人、個頭又特別嬌小的女性穿上為了新年準備的洋裝，我想看起來也絕對不會比現在穿和服更令人驚豔吧。

反倒是由於她選擇了穿著圖樣美麗、長袖飛舞的訪問著，無關高矮美醜，都能讓自己全身上下確實散發著新年時盛裝打扮的華麗，以及女性獨有的氛圍——確實和服才是合適的選擇。這讓我不禁心想，果然日本人還是最適合和服吶。

寂靜之秋　1938年《少女之友》

「養成優美的走路習慣」

美麗的走路習慣，是讓你看起來美麗的重要因素。

即便長得再美，如果走路時一副疲憊樣地拖著腳步，或是駝著背大剌剌用內八字跨步，還有踩著小碎步……都是糟塌了美貌。

也就是說，即使長得再美，有時也會因為動身走個幾步路的動作不雅，導致美貌帶來的好印象徹底幻滅。

反之，即便長得不怎樣，走起路來步伐輕快，便會給人帶來好印象。

長時間養成的習慣，是很難改掉的，不過在眾多習慣之中，走路習慣卻是最容易矯正的。

有個方法——走在路上時，仔細觀察櫥窗裡自己的身影。

如果發現自己有不好的習慣，像是「原來我有駝背啊」、或是「似乎跨大步一點比較好」，那麼只要當下立刻改掉就好了。發現自己的醜陋之處，多少會令人感到難受，但為了變得更好，這也是不得已的痛。

接下來，當你再度走過另一個櫥窗時，記得確認自己的樣貌是否改正了。只要持續一個月，保證壞習慣幾乎都能夠矯正過來。

街上的櫥窗就像鏡子一樣，可以映照出你的走路姿態，請好好利用，藉以學會輕巧的走路方式，改善不良姿勢與習慣。

七夕 1950年《向日葵》

「彌補自己缺點的方法」

臉型長的人，要將臉的兩旁頭髮弄得蓬鬆一些。臉型圓的人，額頭前面不能有瀏海。額頭高的人，要有瀏海。臉型偏三角的人呢？眼睛小的人該這樣、嘴唇厚的人要那樣，脖子短的人、體型偏胖的人、體型偏瘦的人……等等婦女雜誌上的文章，常常寫著各式各樣彌補臉型或身體缺陷的方法。

身為女性，無論是誰都希望能變得更美麗。因此讀者們對這類文章很有興趣，想必總會一讀再讀。當然，不能說這些內容完全是錯的，可以當作基本概念來看待。只是說到「圓臉」，有的圓臉一眼就讓人覺得美麗可愛，有的卻會給人不好的觀感。而要說臉長，有的人是額頭寬所以臉長，有的人則是下顎長所以臉長……明明條件大不相同，要用同樣方法去彌補，想必不一定能得到相同的效果。

然而，畢竟我們每天早上都要面對鏡子——彌補自己缺點的方法，或許只有自己最清楚。

有些情況下，臉圓的人的確適合藉由妝髮修飾一下，讓人看起來像是長臉，但也可能有些情況是更適合強調臉圓的可愛。臉長的人、額頭高的人……有時選擇強調臉型特徵，反而更能凸顯自己的獨特之處。

因此，不需要太拘泥於雜誌上的文章，請積極地面對鏡子做各種嘗試。不要被媒體左右而總是想著「我就是這裡不好看」，進而放棄鑽研自我——千萬不要鑽牛角尖喔。

黑色蝴蝶結　1938 年《少女之友》

「關於笑容的研究」

據說某位有名的女演員，由於她認為自己臉上最不好看的部位就是嘴巴，因此她在舞台上碰到必須笑的演出時，都會想盡量掩飾，用手稍微遮一下嘴，或是用其他方法來藏拙。一天，某位導演問她：「為什麼你老是要把嘴巴遮起來呢？」她也老實回答了——因為對自己露出笑容的嘴型沒有自信。

於是導演這麼告訴她：「女性的美是看整體的，所以你要成為一個有整體美的女性。老是一味遮掩自己的嘴，也絕不會讓你看起來更美。」

此後，她開始研究一個擁有整體美的美人該有的行為舉止，改善自己的問題。

聽了她這番話，我覺得很有道理。

我認識某位個性十分溫和的女性，她是絕不會因為自己漂亮而自以為是，也不曾見過她有任何囂張踰矩的行為，但當她聊天聊得起勁時，總是習慣張開嘴巴，仰起頭來哈哈大笑。一般來說，明明是給人好感的人，突然這樣仰頭大笑，會讓人覺得好像變了個人似的，不僅僅是氣質變差，仰著頭的臉也像是暴露了她的缺點。

這位女性與前面提到的女演員剛好相反，她是因為對自己的笑臉缺乏研究。

笑容美麗的人，實在是惹人憐愛的存在。

應該沒有笑容會讓人覺得不愉快，但笑的時候若讓人覺得不雅觀，也不適當。

因此，請各位對著鏡子好好觀察一下自己的笑臉吧。

明日之歌 1949 年《向日葵》

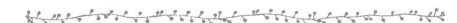

「給孩子準備外出服」

如果你是一位年輕母親，那麼請像是思考自己出門時的衣著一般，好好思考孩子出門時的穿搭。

如果你是一名職業婦女，除了比較體面的外出服之外，應當至少還會有一套用於正式場合的服裝。甚至，若你會因為丈夫工作的關係，必須以妻子身分出席各種聚會，體面的正式服裝應該更多吧。在意自己的穿著打扮是理所當然的，而要是母親穿著體面，那麼孩子的穿著也多少要與之相襯。

話雖如此，孩子平時的便服，和學校其他小孩差不多就可以了。但當你帶著孩子出門，自己身上穿的是訪問著或小禮服，卻讓孩子穿著毛衣，抑或是平常上學的打扮——縱使布料很高級，甚至還是新衣服，但和母親的穿著毫不相襯，反而會使得母親難得的美麗裝扮唱起獨角戲，讓人看來只有唏噓。

雖說不需要為孩子準備太多件正裝或外出服，但是為了不時之需，應該最少還是要準備一套。而且這套衣服，平常絕對不要讓孩子穿。

要是被孩子吵著「我要穿那套漂亮衣服」吵到心煩意亂，說出「那只有今天特別喔」讓孩子穿上，結果一天不到就弄得髒兮兮，母親的心情一定會變差。

而更重要的是，如此一來，孩子可能就會認定這套衣服和便服無異，下次再穿更不會珍惜了。

童趣的穿搭

童趣的穿搭

Column 2

招來幸福的小祕訣

1950 年《Soleil》13 號

所謂幸福，全部都是靠自己努力得來的，而且誰都無法規定他人的幸福。究竟要如何幸福呢？只要身為人，都不可能不去思考這個問題，甚至可說是人生的第一要義吧。在此我並不打算談精神論，而是想提出幾項具體的條件——都是在日常生活中稍微留意，只要想做、誰都能做得到的小技巧。這些小技巧可以給他人帶來幸福，也能讓自己覺得幸福。

人人思維不同，幸福也分成很多種，其中最重要的是「被愛」這件事。這麼一來首先自己必須有愛。不單只是用大腦想著要去愛，而是必須積極學習在日常生活裡運用的技巧，用行動體現愛如何能讓人感受幸福、帶給他人快樂。

用開朗的心情清楚地回答『是』

首先，讓我們從有著開朗心情開始吧。用開朗的心開朗地面對人，用開朗透亮的聲音清楚地回答「是！」成為臉上總是掛著開朗微笑的人。這麼一來，你的開朗必定能溫暖豐富人心，進而受人喜愛。如果回起話來只有「嗯」、「喔」或「欸」這類慵懶又模糊的字眼，由於容易引起人反感，就算穿得再美麗，仍欠缺了擁有幸福生活的一項重要條件。

不要忘記給餐桌增添美麗的巧思

很會做菜，當然是好事。就算做的不是高級料理，做菜的人也不能忘記只要有那份心意，做出來的菜就會令人吃得很幸福。即使只能用手邊的材料湊和——也能以「我會做出一頓好吃的！」的心情，運用巧思面對。最好還能加上一點像是注意料理配色及餐具搭配這種貼心技巧，還望各位都能明白，隨性插在餐桌上的一朵花是多麼滋潤人心，使人感受到幸福。

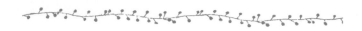

喜愛清潔的人能夠創造幸福

仔細打掃之後帶來的清爽，能夠讓人心情變得開朗。能夠將環境打掃整齊的人，理當也會將自己打理得又乾淨又有條理，想必也喜愛洗衣服。修補衣物時會用同樣色線來修補的人、上衣掉了釦子一定會縫回才穿的人、早上出門前會把皮鞋擦得光亮的人，這些時常將生活中的雜亂及骯髒清理掉的人，必定能因此騰出更多空間創造幸福。

從整理抽屜窺視人品及幸福

隨手打開的抽屜亂糟糟，只見裡頭塞著沒有疊好的衣服、沒有清洗的內衣褲，想必沒有比這更讓人覺得邋遢的了。這也就像在證明這個人的內心抽屜也是如此雜亂無章。反之，能將抽屜內部維持得很整齊的人，即便買不起貴重衣物，也總是會將一切準備到最好。一個人就算擁有再貴重的華服，卻和骯髒衣物胡亂塞在一起，幸福是不會降臨在這種人身上的。

換個室內擺設 帶來新鮮的幸福感受

能夠適時給房間適宜布置的人，應該也是擅於為生活帶來清新明亮氣氛的幸福之人吧。儘管只是將家具從右移到左，或是把角落的物品移到正中央，就能賦予房間與前一天大不相同的觀感。大約每隔三個月調整一次，刷新一下房內氣氛或許不錯。而調整時若能多一點細心與巧思，讓生活裡不斷有新點子，無論房間多狹小，都能擁有愉快的幸福感受。

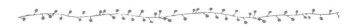

自發地去處理 最麻煩的事情

有個家庭主婦自從結婚之後就一直專心做家事，甚至好幾年都沒看過電影了。旁人問她何不去玩玩呢？她用開朗的笑容回道：「家中家事多如牛毛，我不做，又有誰要做呢？」人生在世，自然會產生許多繁雜事，非得有人處理不可。能自發地願意去處理的人，往往更能讓自己乃至他人感受到幸福。若覺得是被迫、必須一整天待在廚房，心情就全然不同了。

抓住幸福的技巧與其要素

幸福並非到手後就一輩子都不會逃走，必須每天用心讓幸福一點一滴積少成多。而所謂用心——或該說是小技巧，則是只要仔細觀察，就會發現其實隨處都有。即便整天非常忙碌，但要是有件能夠帶來充實感的事，心情就不同了。要在疲累中感受幸福，就非得空出時間娛樂，是種謬誤。緊迫後的放鬆帶來的安詳當中才有幸福，也往往衍生更多的欣喜。

不去輕視報章雜誌上的知識

如果覺得報章雜誌都是亂寫而輕視上面寫的知識，反而是愚昧的。雖然近來雜誌氾濫，需要謹慎挑選，若好好閱讀報章雜誌，融會貫通，其實會比想像中吸收到更多豐富知識。一般婦女想要從專業書籍中獲得同樣知識，幾乎是不可能的。因此不要只對連載小說或社會新聞有興趣，花些心思將有意思的報導做個筆記，想必能夠對帶來幸福很有幫助。

發自內心珍惜他人所送的物品

他人所贈送的禮品，便是從他人得到關愛的證明。因此不論物品的金額或品質高低，能夠珍惜這些他人表達好意的物品，當成自己心中的寶物，也會是能穩拿幸福的人吧。即便物品損壞了，也能好好處理或另做保存，那份體貼之情亦是幸福的溫床。無論是收到他人好意時的那份溫暖回憶，抑或是那些曾被愛過的懷舊紀念品，每一樣都不該被隨便對待。

第三章

幸福來自你的身旁

本章收錄的文章主題。大多和「與人和諧相處時該有的禮節」為主。幸福不是等待而來的，是要自己去尋找而得，淳一希望各位都能成為給身邊的人們播下幸福種子的人。

回憶 1955 年《Junior Soleil》P78

Stella Dallas 1956 年《Junior Soleil》

「重要的第一印象」

據說曾經有個調查顯示，「百分之九十三的人是用第一印象判斷對方的」。

因此，不論第一印象正確與否，我們大多數時候會被他人用第一印象來判斷價值。即便覺得被第一印象影響實在令人不悅，但這卻是無可改變的事實。而且例如就職面試、相親、甚至是戀愛開始的契機這般，人生當中許多必須慎重再慎重的重要人事物，說穿了其實都是憑第一印象的好壞來決定勝負的。

這麼想來，第一印象雖然絕對稱不上準確，但是卻如此重要，甚至可能決定我們的人生。即便不去參加相親或去找工作，我們每天也都會遇到好幾個人，也就是在不知不覺間，我們每天都被各種人測試著第一印象，因此不可掉以輕心。

雖說花費過多心思來打理「重要的第一印象」也奇怪，但無論是誰一定都有優點。只要清楚了解自己的優點，並且好好培養，為了無論在何時、遇到誰，都能夠保有良好的第一印象，請盡力改善自己顯露在外的缺點，少一個是一個。

「耍賴的心態會損及美麗」

由於是星期六的晚上，火車車廂內十分擁擠，還有些拿著滑雪板的年輕人。此時二等車廂已經客滿，沒有座位的人們全往一等車廂擠去，結果連一等車廂都被擠得水洩不通。車內多次廣播著：「持著二等車廂票券的旅客請站著。」此時有人或站或坐，喧鬧不休。就在火車行駛離站不久後，車掌走進車廂，穿梭人群之間，而且邊走邊出聲重複著：「這裡是一等車廂，購買二等票券的旅客請支付差額。」因此乘客們陸續拿出錢來補差額。

在我面前有位年約二十一、二歲的女性，妝化得很美的她坐在座位上，旁邊放著滑雪板。車掌和她收了款並說：「您一開始也是買了二等票券吧，那麼請您站起來。還有許多買了一等票券的旅客沒座位可坐哪。」

這位女性顯得尷尬，扭扭捏捏地說道：「可是這樣很困擾呢。難道你要人家站到早上嗎？」年輕車掌面露難色，多次與她重複說著：「您若不站起來，我們也很困擾呢。」但是這位女性仍舊沒有要起身的意思。車掌顯得有點膽怯，表情看起來無可奈何，只好就這樣離開了。

如果對方是男性，車掌大概就不會放過他了吧。而且若是男人，大概也不會覺得自己在大庭廣眾之下，說什麼「哎喲，這樣我很困擾呀」就能讓車掌不追究。這名女性可能根本連這點都沒意識到，只是直覺自己要個賴就能占到便宜吧。

我認為這種「因為是女生，所以撒個嬌就做什麼都可以」的賴皮心態是不可取的。如果是美麗的女性，更希望你不要有這種想法，這會損及你的美麗。

「適切的應對」

「做得不好，可能不合您的口味，但還是希望您能夠嘗嘗……」一邊這樣說，一邊得意地把自己做的拿手甜點分給別人。或是帶來點心，說著：「真的只有一點點而已……」結果，打開就看到裡面裝了十幾二十個。這些日本從古至今慣用的問候語句，在餽贈他人物品時廣泛使用著。

有些愛說教的人常會這麼說：「日本女性的問候語句當中有太多謊話。」或「這些說法實在太迂迴，不但禮貌過了頭，修辭也太多了。這樣無法把自己真正的心情傳達給對方」等等——也許的確如此。

在西方，人們大概會這麼說：「這是我做的點心，做得很好吃，特地帶來想請您嘗嘗看。」聽了這話的人，也會覺得很舒坦。

不過，這也只是西方的制式問候語句，並不表示西方人什麼都實話實說。即使在私底下批評某位婦女：「她到底幾歲啊，妝化得那麼濃。」可是一旦與對方碰面時，還是會開口讚美對方。像是「您真是美麗，今天的您如花一樣美」之類，若無其事地說出與心中所想完全相反的話，甚至認為這麼說才是有禮貌。

因此，每個國家都有自己不同的習慣，哪種說法都是行得通的。只要不過於謙卑、也不要讚美過頭，能夠確實考量對方心情，心存體貼去慎選詞彙的話，無論想怎麼問候應該都是渾然天成，無須計較東洋或西洋。

「拜訪他人須事先確認」

突然去造訪好久不見的朋友讓對方驚訝，的確是很愉快的事。或是好朋友無預警地突然來訪，總是會讓人又驚又喜。但這可以說只限於非常親密、真的非常熟的朋友之間的互動。

一般來說，若要造訪他人的家，即使只是順道前往住在附近的人家，也要先用電話聯絡，或是提前寫信確認對方是否有空，這才合乎禮節。就算造訪時劈頭就明說：「如果您時間不允許，我在玄關打個招呼就先告辭了。」對方也不可能回答：「這樣啊，那麼就請您回去吧。」讓久違來訪的朋友沒踏進家中一步就離開。好友造訪原本是很值得高興的，這麼一來反而讓人覺得成了麻煩事。

若碰巧遇上對方有要事正在忙，那麼不僅會給對方帶來困擾，自己也只得尷尬地離開。

我曾聽說有一位太太，突然懷念起舊友，開心地決定造訪，但對方家中已經

巴黎的店鋪〈街角的書店〉1951 年《向日葵》

有了其他客人，只得困擾地向這位太太表示：「真的很抱歉，但請你改天一定要再來喔。」雖然這位太太說到這裡還氣沖沖地補了句：「真是沒禮貌！」可是突然造訪，帶給對方困擾的她，才是最失禮的，請各位務必留意。

「令人開心的禮物」

祝賀結婚、生日、聖誕節、畢業或入學等等，請各位想想在這些節日收到禮物，是多麼令人開心的事吧。

各位在生日時若收到來自親近的人，或是意料之外的人所送的禮物，會有多麼高興。若各位了解這份喜悅，那麼希望各位也能擁有送人禮物的喜悅。

請試想，假設世界上所有的人都只懂得「分享」，這麼一來，收到禮物的樂趣就會自然產生，不是嗎。

而且比起只送一小部分的人高額的好禮，不如盡量送更多人小禮物，如此世界上就會有更多人能享受收到禮物的欣喜。

因此，請各位只要有機會就送禮給他人吧。當然，最好是能送給對方最想要的禮物，所以平常就要花點心思，留意對方想要什麼。

此外，若不經意地知道了對方的生日，就請記下來。若對方連自己的生日都忘記了，卻收到了意料之外的祝賀或禮物，我想那份欣喜會是加倍的。

不過，難得準備的禮物，就算包裝得多麼美麗，也不要直接包著店裡的包裝紙就送出去了。請好好選擇顏色美麗的包裝紙，重新包裝，然後綁上一個豪華一點的蝴蝶結。更不要為了凸顯禮物是特別買來的，而故意不拆掉店裡的包裝紙送出，這種想法太過膚淺，會折損原有的心意，降低自己的品格。

「打招呼」

早上與人見面時道聲「早安」吧。請打從心底充滿感情，用開朗明快的聲音說聲「早安」打招呼。這麼一來，也許對方心中便能夠過著充滿幸福感的一天。在我們的周遭，並非總是充滿著幸福的事物。若每個人都能稍微留心為他人帶來一些小小的喜悅，將這些喜悅累積起來，便能讓我們生活中的幸福感油然而生。

如果被人喊到名字，請用開朗的聲音，帶著誠意回答一聲「是」吧，對方聽到這樣有精神的聲音，不知會有多愉快。過了一陣子才回答「有什麼事？」可是不行的，請聽到馬上就答話，要在應對之中帶給別人好心情，絕不能慢吞吞。

若不小心踩到他人的腳，即便只是踩到一點點，或知道對方不怎麼痛，也請立刻說聲「對不起」好好道歉。明明心想「啊，糟了」也很清楚自己做錯事情，卻因為對方不動聲色，就想要裝作沒事，這是不行的。請打從心底覺得「啊！真的很抱歉」，為了踩到對方的腳一事感到歉疚，即便是這種微不足道、理所當然的小事，只要用誠心面對，也能在對方的心中點起一盞照亮幸福的燈。

如果每個人都能夠多為他人留意，我們的生活想必會更加幸福吧。

「練習寫漂亮的字」

如果接到未曾謀面的人寫來的信，我們只能透過這封信件來想像其人。若是遣詞用字適宜得體的信，會讓人想像對方是個很有規矩的人，如果字美得有如行雲流水，那麼會讓人想像對方是個美麗的人。但要是信中字跡幼稚如小學生，會被想像成是一個頭腦很差、邋遢的人也無可厚非——明明是很優秀的人，卻因為字醜而被誤解，怎麼想都是憾事一件。

反過來說，很多時候，外表不那麼起眼的人若能寫得一手好字，會被人另眼相待。千萬不要覺得「我天生就是字寫得醜，沒辦法」而自暴自棄，請練習寫出漂亮的字。首先，第一步當然就是多多寫字，然後多多習慣書寫。

寫習慣之後，即使字跡不是那麼美，也能夠帶給對方好感。此外，若收到他人的信，覺得喜歡這樣的字，那麼不要耽擱，當下就應立刻努力模仿書寫。這麼一來，對方寫字的習慣，就能變成自己的。至於自己怎麼寫都寫得不好看的字，一旦發現別人寫得很好看，那麼也要試著努力模仿。

只要重複以上方法，各位的字就會在不知不覺中變漂亮了。打開範本習字總令人覺得提不起勁，但若是用模仿這種方法，就能夠輕鬆練習。

「培養尊敬父親的心」

「你喜歡爸爸還是媽媽呢？」常常會有大人這樣問小孩。這樣一問，大部分的孩子都會回答「媽媽」。如果問：「為什麼呢？」孩子大多會回答「因為會買很多東西給我」。

雖然爸爸是撐起整個家庭的重要角色，但比起媽媽，接觸孩子的機會較少，

即使多麼微小 1949 年《向日葵》

所以對幼童來說，要了解爸爸，似乎是很困難的。

因此，當孩子吵著想要某樣東西時，媽媽不要立刻買給他，而是回答「那麼我們和爸爸商量吧」或是「如果爸爸說可以才行」，然後等到隔天或是下次才回答「爸爸說要買給你，所以我們買吧」。買了之後，要教導小孩讓爸爸看到，然後要小孩自己從口中說出「謝謝」。若能養成這個習慣，小孩就能很自然地透過媽媽，學習到尊敬爸爸的心。

若爸爸晚回家了，媽媽覺得很著急，可能會不小心對小孩說出「爸爸到底在做什麼啊，真令人困擾」這番話。幼小的孩子其實是很敏感的，能夠察覺到母親內心深處的想法，不知不覺當中，也可能因此疏遠了爸爸。

若是夫妻吵架，有些媽媽會覺得不甘心，因此告訴小孩媽媽比爸爸來得好、媽媽比較寵小孩，希望藉此讓小孩站在自己這邊，自己才覺得舒坦。若在小孩心中種下了對父親的不信任，對於成長中的孩童來說，會造成很大的問題。

「用感謝的心情回應男性的好意」

男性與女性一同喝茶時，時常有女性毫不猶豫地認為「應該由男方出錢」，一起身就走出店外。但就算是男方的邀約，也不要一臉理所當然，多少應該用言語稍微表達謝意，不是嗎？要是男女雙方都有收入時，一句謝謝更是抵千金。

即便是情侶，有時候女性也應該表示「今天交給我」，然後負責出錢。這麼一來，你的人品會讓對方感到溫馨，進一步的愛意也油然而生。看電影或是吃飯時，狀況亦然。

話說回來，男性有種不希望倚賴女性的本能，付錢也是由這種心情展現出來的，因此大多並非付得心不甘情不願，但也不應該打腫臉充胖子。因此比起面露一副「男人付錢天經地義」的表情走出店外，留著男性結帳，若能好好答謝，偶爾自己付帳，這樣的女性必能更讓人感到窩心，會讓對方覺得你看起來更美麗。希望各位至少要有這份心意，不要總是讓男性單方面承受太多負擔。

最後在此我再補充一點——如果有男性總是盡可能讓女性付帳，並且還都是一臉理所當然，那麼之後最好不要和這位男性交往才是。

「女性的醉相不堪入目」

從年末到年初，總是有許多尾牙及新年聚會。近來許多年輕女性開始工作，因此女性出席這類聚會的機會也增加了。然而大多數日本人似乎覺得就算一開始已明說「不會喝酒」，被對方勸酒時還是要勉強喝一點，甚至認為這才是禮節。

即便是面對女性也一樣，日本人總是會用「至少陪我喝一杯嘛」、「只喝一點沒關係的」之類的說詞，強迫別人喝酒。

雖然近來能喝酒的女性增加了，但是如果主動表示：「謝謝，其實我滿能喝的喔。」然後一飲而盡，那就會被繼續勸酒：「還真的很厲害哪，那再喝一杯吧！」接著又得再喝一杯。

這麼一來，在男性職員的圍繞之下，女性會覺得自己很受歡迎，最後可能喝得醉茫茫。

但在宴會上，能喝酒的女性之所以受歡迎，並非是真的受人喜愛，而是因為男性看到女性喝醉的樣子，覺得逗趣而已。

大抵說來，沒有什麼比女性的醉態還更不堪入目的，之後只會淪落成眾人的話柄，「那傢伙『很能喝』喔」之類。至於女性醉了之後還發酒瘋，甚至當場嘔吐的情況就更不用提了，請大家千萬不要飲酒過量。

「工作的義務與權利」

這是某間裁縫店所發生的事情。

其實這裡的老闆原本不是商人，是因為基於興趣才開始做這門生意的。店裡大約雇用了十多位年輕女性，與一般工作場所不同，大家一面工作一面互相教唱電視學來的歌，或是討論最近看了什麼好電影。也就是說，這裡的形式像是間裁縫學校，因此工作效率無法提高。說起來就是不太賺錢。

但老闆不只很寬鬆，就連點心時間也會為大家準備好吃的餐點。聽說某次，有個隔天早上一定得交出去的急件，老闆和大家說：「雖然對各位很不好意思，但希望你們今天能留下來一小時左右，把這份工作做完。」

大家雖然同意，此時卻有人小聲說道：「我們薪水是照著早上九點來上班到下午六點領，超時卻沒有加班費，真是的。」結果引起眾人議論紛紛，均表認同。

老闆見狀，終於發了脾氣：「可是你們很少有人早上九點準時來的吧。而且中間還會停下來聊天，這些我都看在眼裡。決定薪資的時候，我應該沒有說可以停下來聊天，還可以遲到的吧。說到底是我不對——把公司員工當家人才會搞成這樣。既然如此，以後你們遲到的時候，就看一小時多少錢，再從薪水扣除吧。」

的確，自己遲到的時候當作沒事，卻對加班費斤斤計較，這種想法實在令人覺得不可取啊。

與你同歡唱 1950 年《向日葵》

Column 3

幸福的對話是生活中的綠洲

——說話的禮節——

1950 年《Soleil》13 號

日文中有一個詞「かしましい(Kashimashi)」，意指吵鬧喧囂，若要寫成漢字，則是「姦」這個字——雖然對女性來說實在很失禮，不過還先別動怒，請明白這只是古人對於「女性聚在一起就喜歡說話」做出的一種解釋。

喜歡說話，絕對不是壞事。擅長說話，並且能夠與妙語如珠的人愉悅地談話，更是人生一大樂事，還會讓人覺得心中溫暖。

在愉快的談話之後，那種舒暢的感覺，是比看了無聊的電影還令人高興許多的。

但日本婦女的說話方式，正確說來社交性並不太高。即便只是想要愉快地談話，也有不得不遵守的禮節。無論什麼場合，若想要嘗到社交的樂趣，那麼就必須先懂得禮節，否則是無法充分享受這份樂趣的。

1 尋找共通的話題

昔日同窗好友久違見面時，很自然地會有共通話題。例如「某某人今天沒來，是怎麼了呢？」「啊，你不知道嗎？她結婚了喔。」諸如此類，同學會往往因此變得更開心。

但完全沒有交集的人們聚集在一起時，如果沒有任何人試圖發起共通話題，就很難有進一步的對話。要是在這種彼此陌生的聚會裡碰巧遇到見過面的人，則很容易因為感覺鬆了一口氣，結果只和那個人一直說話。

其實就算是認識的人聚在一起——例如四個人見面時，如果只和坐在旁邊的人說話，不知不覺就變成兩組人分開談話了。各位是否有這樣的經驗呢？

在這種時候，知道如何「尋找共通話題」是非常有必要的。

2 製造共通的話題

「因為彼此都不認識，怎麼可能知道什麼是共通話題呢？」或許會有人這麼抗議吧。這的確不無可能。

但希望各位不要僅止於此，而是更要去下點工夫，自己開啟共通的話題。如果和席上所有人都不曾見過面，事前也不了解其背景，那麼可以從對方的年齡來著手。比如同席的都是年輕人，那麼可以說：「《黃金時代》這部電影很棒，你看過了嗎？」

如果是長者，那麼可以問：「不好意思，請問您有孩子嗎？」「您住在哪裡呢？」

只要用這種方式開啟話題，就能透過對話理解對方大概是什麼樣的人，再將話題發展下去。也就是要能在當下、看場合隨機應變，就能找出許多開啟對話的線索。

3 擁有許多的話題

有些人能夠在朋友面前講個不停，但在客人面前，就只能吐出像是信件範本般，一本正經的慣用句：「天氣變得寒冷了，您府上的各位一切安好嗎？」

這種形式化的對話，就算說得再多，也只會讓人覺得無聊，一點都不有趣。

這種說話方式，是疏於累積有趣話題的證據，也證明缺乏放諸四海皆可聊的能力。

我甚至會想，這樣的人和朋友聊天時，是否只會聊些隔壁的狗怎麼樣、廚房裡有老鼠很困擾這類沒內容的話題呢。會不會只是為說話而說話，徒增空氣振動傳聲波而已。

請留心不斷注意各種事物，然後蒐集各種生動的話題吧。否則一般說來，常待在家中的人，很容易缺乏話題的。

4 善於說話與聆聽

有句俗話說：「多說不如多聽。」當然擅長說話並不簡單，但要讓對方暢快地說話，並且在旁聆聽更是困難，卻又更為重要。

如果察覺對方好像聽自己說話聽得很高興，那麼不擅長說話的人也可能會順勢而談，意外說出妙語。然而話雖如此，如果兩邊都爭著當聆聽的一方，那麼只會兩邊都沉默、面面相覷了。因此想要拿捏得恰到好處，還是必須同時具備善於說話、善於聆聽的兩種特質。

縱然自己能夠妙語如珠、話題不斷，也讓氣勢不要壓倒對方，如果對方從中插了話，就要欣然聆聽，立即轉換成聆聽的角色。或即便講得起勁，也希望能體貼地詢問：「您對此怎麼想呢？」適時創造一個讓對方說話的契機。

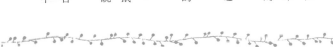

5 關於說話的技巧

說話技巧的高超與否，首先取決於自己想要說話、正在說話時，能否掌握這段談話的核心。其次，如果能用上美妙的話語表現豐富核心內容，那麼已經稱得上是說話達人了。

若沒有成為達人這麼遠大的抱負，那麼就將感動的事、有趣的事、恐怖的事——無論是什麼內容，按照在何處、發生什麼事，為何使你感動，或到底哪裡有趣等等幾個關鍵步驟來展開對話，應該就能毫不費力地讓對方產生共鳴進而感動，或是覺得有趣。

想讓對方覺得自己說的話很有趣，可是滔滔不絕地說著，卻只看到對方一臉百無聊賴……各位是否有過這種經驗？遇到這種狀況時，就別再把細節描述得太詳細，適當把握核心內容，簡要帶過即可。

6 別自顧自地說話

「下個星期日我想去健行……」有些人可以滔滔不絕地講著健行的事情，不知不覺又開始說起了電影，話題一轉又開始講起秋天的流行，話題一個接一個，過程中對方一句話都插不上嘴。像這種人往往在對方才開口說出：「我現在有個煩惱……」的時候就會搶著說：「是嗎？我也有喔。」然後開始訴說起自己的煩惱，說個沒完。至於對方為了什麼煩惱、有什麼事情，他連問也不問，更別說要站在對方的立場幫忙思考了，只是陶醉在自己說話的幸福感當中，連對方不開心的模樣，說不定也完全沒有注意到。這種自顧自地說話的人，還有一種類型。在想說有趣的事情前，會先自己捧腹大笑，一面笑得喘不過氣一面說話，結果反而只會讓對方覺得坐立難安。應避免。

7 聆聽應有的態度

一般人之間的談話，並不一定能像電影台詞一樣有趣又簡潔。遇到這種情況時，如果只是一邊點頭一邊望向窗外聽著對方說話，或是拿起手邊的雜誌翻了起來，讓對方感到自己的不專心，是很失禮的行為。

「當然不會做這種失禮的事啊！」這麼說的人，在一對一時或許會小心注意，但遇上幾個人聚在一起時，就很難說。比如當其中一人對著大夥說話時，話題正好是自己沒興趣的，因此抬頭看了窗外秋日的晴空，心想：這天藍色真是太美了，如果能用這顏色做件洋裝……等等，陶醉在想像當中。

或許各位會覺得只有自己一個人沒在聽並不會怎樣，但對說話的人而言，或許就不是如此。這可能會成為對方與你疏遠的原因。

8 不隨意岔開話題

或許你也曾遇過，有人開啟了一個話題，並且很熱切地聊起來，此時有些人會突然插進其他的話題。原本說話的人眼神發亮，談論著人類該如何生存之類的嚴肅話題，此時應該要認真聆聽的人卻突然插話：「啊，對了對了，我上次在銀座看到很棒的手提包喔！」這種狀況你會作何感想？即便談論的不是那麼嚴肅的話題，而是：「我上次讀了《少年維特的煩惱》，真是很棒的作品啊。」結果突然有人插話：「我伯父家的約克夏生了小狗！」想必說話的人會在心中暗想，約克夏跟歌德的作品有何關係？至少生了隻貓再拿來說嘴吧。

若只是為了打斷自己沒興趣的話題，還有更婉轉的方法，如果是因為完全沒在聽對方說話，那麼就實在太失禮了。

9 只有兩人懂的話

三個人或更多人聚在一起聊天時，請不要使用其中兩個人（自己以及與自己說話的對象）才懂的流行語或笑話，或是提到只有兩人才懂得的內容。

假使無論如何兩人都要在當下提到公事（其實大前提是要盡可能避免有這種狀況），會參雜一些專有名詞也是無可奈何，但與大家愉快談天時，如果出現這種狀況——「上次的『那個』怎麼了？」「那個啊……等下再說。」然後兩個人竊笑起來，會給在場的人帶來不佳觀感。這種第三者無法理解的特殊笑點，從前被稱為「楽屋落ち（GAKUYAOTCHI）」，意思是同行哏，或是局外人聽不懂的笑話，是很不得體的。其他同席的人如果碰上這種狀況，心裡會覺得自己被忽視，不免會感到不愉快。

10 得體的笑是哲學

當對方說了好笑的話，一起快樂地笑，當然是必要的。不過，如果對方並不期待有那麼好笑，只是說了略為風趣的內容，卻看到各位很做作地捧腹大笑，甚至很客套地說真是太有趣了，反而會讓說話的人覺得掃興。雖然只是個笑話，也希望各位能夠考慮說話者的心情來聆聽。此外，有些人一邊說話一邊笑個不停，而且看起來不像是愉快的微笑，反而像是因為話題內容很貧乏，企圖用笑聲來敷衍、順便拖延時間。還有另一種狀況，是或許想要呈現優越感，總是在句尾笑個不停：「上次我老公升職，喔呵呵呵，一直承蒙照顧，喔呵呵呵呵……」像這樣的舉止其實適得其反，會被人輕視。該笑的時候就笑，不必要的時候，就不該笑得嘴歪眼斜。

11 莫打探他人隱私

即使沒話題可說，打探對方私事也是很失禮的。當然若是由對方先提出，那就無妨，否則不該詢問對方年齡（遇上男性亦然，對女性更是萬萬不可），另外追根究柢打探學歷或收入也是禁忌。「我們的結婚典禮是在某某會館舉行的，你們呢？」若被這樣問起，有些人在某些狀況之下，可能會回答得結結巴巴、不清不楚。如果聽到這樣的回答，才心想糟糕，是不是問了不該問的——而這時候已經太遲了。發生這種事情，覆水難收，已經給對方心中造成傷害，還對自己一點好處都沒有。

在國外，像這類私人問題，除非是公司面試這種必要時刻，否則是不能深入詢問的。

所謂尊重個人自由，其實就是要從這種地方來實踐，還望各位都能身體力行。

12 謹言慎行不自誇

「最近生活費高得讓我嚇一跳呢。我家每個月無論如何總要花上十萬圓，真不知怎麼辦哪。您家中的花費也很高吧？」

有些人嘴上說著這種話，卻絲毫沒有面露煩憂，即便使用「您家中如何？」這種問句形式，心中也早就幫對方預設了答案「不不，我們家花費不高，沒有這種問題……」然後等待對方回答。

單純地想，雖說這樣做不犯法，不過這種試圖利用對方的節儉貧苦，藉以襯托出自己的奢華，展現關於自己的優勢給周圍其他人看，絕對不是得體的做法。

如果總是不自覺地說出這種自誇的話，或許是教養問題，請立刻改掉。但若是刻意這麼做，這種人請慢走不送！

13 別輕易論人長短

「關於這件事呢，我只跟你說喔，那個S這次結婚啊，聽說已經是第三次了呢……」為了享受說八卦的樂趣，所以偷偷揭露他人重要的祕密，結果這件事傳到S的耳中，兩人就這麼絕交了。

「哎呀，真壞心哪……到底是誰告訴S的呢？」當事者對自己的行為感到若無其事，還怨恨起當時一起說八卦的朋友。

「T是這樣說你的喔。」別人這樣向S告密，會讓S覺得很丟臉。

偷偷揭露他人祕密，雖然會讓參與對話的人產生親近感，但對方也有可能在其他地方散播關於你的謠言。這種談話的趣味是最低級的。若以這種內容作為聊天話題，只會在未來造成不愉快。

14 需要避免的話題

無論是誰，至少都會有一項弱點是不想讓人提起的。是生理上，或是精神上的弱點，則是因人而異——也許這就是人並非神的證據吧。不，就算是在眾神的世界，也充滿著嫉妒及醜惡。在覺得自己相貌不揚的人面前大肆談論美人，或是在擁有生理缺陷的人面前，特意聊起關於這個缺陷的話題，是比用刀傷人還更殘忍銳利的。就算關係如何親近，觸碰對方的弱點都是欠缺思慮的過失。話雖如此，若為了特意避開缺點，而說話的樣子讓人感覺像在隱瞞些什麼，也做作不自然。

面對這類他人不想被觸碰的話題，要秉持堅強的意志及體貼的心，想著自己一輩子都不要去觸及——這麼一來，你的談話內容自然就會有趣順暢、又能有溫度。

15 提升話題的內容

走在街頭，或是在餐飲店內，時常可以看到幾位女性聚在一起熱絡地談話。每個人的眼神都閃耀著光芒，講得臉頰紅潤。

她們在談些什麼呢？比如最近進了很多新布料，想做幾件漂亮衣服，要以哪種款式的呢？……或是分配到的米都是國外進口的，實在討厭，好想吃這種菜、好想做那種菜……等等，話題總是局限於服裝、食物、物價之類的範圍，實在令人遺憾。當然，衣與食是生活之重，的確是「共通話題」無誤，但只局限在此，就僅止於閒聊了。將關於穿著、飲食、生活的話題繼續往深處探討，讓其與政治、經濟、文化產生關聯吧。並且適宜地將話題貫穿起來，或許再將藝術與宗教含納進來，將話題提升成有趣又具社會性的內容，也很不錯呢。

給年輕人的佳人指南

選自《Junior Soleil》

以「養成十來歲年輕人的美麗心靈與生活」為宗旨，淳一於一九五四年創辦少女雜誌《ジュニアそれいゆ》（Junior Soleil），在此從這本當時受到人們熱烈支持的雜誌中，摘錄數篇令人印象深刻的散文與你分享。

ジュニアそれいゆ
十代のひとの美しい心と暮しを育てる
No. 17

ジュニアそれいゆ
十代のひとの美しい心と暮しを育てる

從你的身邊找尋幸福

一九五九年十一月號

身邊的幸福——只聽聞「幸福」這個詞，心中就會自然感到溫馨、心情也隨之愉快起來。「幸福」真的是很棒的事情呢。那麼「幸福」究竟是什麼？這是就算想形容，也很難用言語表達出來的。而世界上每個人花上一輩子努力追求的，也只是「幸福」而已。

《ジュニアそれいゆ》(Junior Soleil)的讀者們，想必各位也都想得到幸福吧。不過是否有人覺得「想要更有錢，如果很有錢，我就會變得幸福」呢？有錢就會幸福，這並不能說一定是錯的——但各位是否知道，有些人即使坐擁很多錢，也並不幸福。

因為「想要更有錢」這樣的想法，導致覺得有錢就會更幸福，使得自己對於「更幸福」這件事抱持過度期待，而感受不到眼前的幸福。

在這些就算富有也不認為自己幸福的人之外，也有清貧卻時時感到很幸福的人。如果要從其中二選一，我想無論誰都會覺得後者比較好吧。另外，像是「如果我能變得更美麗，就能夠得到幸福」這種想法，也是一樣的邏輯。

擁有財富或美貌，的確可說是通往幸福的條件。不過所謂幸福，並不是一項物品。也並非掌握住某樣事物，就一定能得到幸福。金錢或美麗，雖然是我們能掌握的，但有時也會成為感到不幸的條件。所謂「幸福」，是存在於每個人心中的喜悅感。

「幸福」存於心中，也就是要打從自己心底感受到幸福。即便四周充滿了許多能帶來幸福的事物，如果自己感受不到「啊，我是多麼的幸福哪」——也沒有用，感受不到的人絕對無法得到幸福。請各位明白，如果想要成為幸福的人，能夠確實感受生活周遭已存在的幸福，才是最重要的。

自己已擁有許多足以感受到幸福的事物，卻只因為見到他人擁有的而感到不滿。擁有五種幸福的人，卻羨慕起擁有八種幸福的人。或是當自己擁有幸福時，心

"Oh, I'm so glad, glad
cried an eager voice in her
I'm Pollyanna, and I'm so glad
me! I hoped you would."
There was no answer.
busy, apparently, with her
Pollyanna, standing at the
a little wistfully at the
"And I can
isn't any
here, too,
there isn't
can't see my
Pollyanna
softly.
"Well that's
you know, any way."
"Yes; the just
game". "Whatever
are you talkin' about?"
Left alone, Pollyanna
went back to her
glad to see you,"
ear. "Of course
you came to meet
Nancy was very
head in the trunk.
bureau, gared
bare wall above.
be glad there
looking-glass
'cause where
any glass
freckles."
laughed
the game,
"The-game?"
being glad'
in the world
Pollyanna
JUNICHI NAKAHARA

波麗安娜 1956 年

裡想著「可是那個人比我先得到這種幸福」，或是「這種程度的幸福誰都有，我擁有也是應該的」。像這樣的人，一輩子都不會得到幸福。

「無論何事都能感到幸福的波麗安娜」

在《ジュニアそれいゆ（Junior Soleil）》曾連載《波麗安娜（Pollyanna）》這個故事。波麗安娜是一位無論遇上何種不幸，都能覺得很幸福而感到開心的少女。例如——波麗安娜失去了父母，被伯母收養。但伯母讓她住在家中的閣樓，又無趣又孤單，連一面鏡子都沒有。波麗安娜住在這樣的房間，會因為不幸而感到悲傷嗎？

起初，波麗安娜覺得很難過。但不久後她就重新振作起來，改變了想法。「沒有鏡子，我就可以不用每天看到自己臉上的雀斑了。能夠不用見到我最討厭的雀斑，這不是很幸福嗎？」

身處這種際遇的少女，究竟是否是幸福的，我們無從得知。但我們可以知道，像她這樣能夠從任何事物中都感知幸福，比起遇上什麼事情都感覺不到幸福的人，絕對好得多。

「幸福只存在於感受到的瞬間」

「幸福」只存在於「自己感受到幸福」的那個瞬間。所以無論遇到任何事都能感到幸福的人，其實就是懂得把握這種瞬間的人，也可說是真正幸福的人。若遇上了一樣的狀況，卻感受不到幸福，因此無法擁有這樣的瞬間，這種人是不幸的。存在於一瞬間的幸福，只要抓住一次即可，而這僅僅一次的幸福也並非能一直擁有，努力成為「能夠一直感受到幸福的人」，才是重點所在。

假設有一位雙手粗糙的少女。為了想讓手變得細緻美麗，因此在做家事碰了水之後會擦乳液，晚上睡覺時會戴上手套，還會注意讓指甲裡面不殘留汙垢。她非常努力，終於讓雙手變得很漂亮。接著，要是她高興地心想「雙手變得好漂亮啊」，然後就置之不理，結果會如何呢？少女的手能夠一直保持得如此漂亮嗎？

如果少女好不容易讓手變得細緻美麗，只在心裡想著「真是漂亮啊！」之後卻什麼保養也不做，那麼雙手很快就會變得像之前一樣粗糙了。「真是漂亮啊」這個瞬間，是無法長久持續下去的。為了要讓手一直細緻美麗，必須持續努力保養。

幸福也是一樣的。「感到我很幸福」和「一直感到幸福」完全是兩回事。

讓我們用學校的成績來看看吧。成績差，會感到不愉快。如果努力讀書獲取好成績，無論是誰都會感受到幸福。但若是拿到好成績後開心過頭，忘了持續努力，導致下次考試時成績退步，又會再次感到不愉快吧。只有持續不斷努力保持好成績，才能夠不斷地感受到幸福。

「發揮自己才華的幸福」

不過，上天給我們的才能，每個人都不同。有些人不用那麼努力，也能獲得好成績。擁有許多才華的人，如果能夠更自在地發揮，那真是幸福的事情。可是，不那麼有才華的人，如果非常努力而得到八十分，那麼比起不怎麼辛苦就拿到了八十分、有才華的人來說，沒有才華的人所得的八十分，更是了不起的幸福。

對現在自己所擁有的感到滿足，當然是一種幸福，但因此而自滿是不行的。擁有遠大的理想，並且朝向這個理想求取幸福，非常重要。每天持續努力，進而感受到更大的幸福，是多麼棒的事情哪！但如果理想無法實現，就因此感受不到幸福或是覺得不幸，又是矯枉過正了。

請各位想想，在自己身邊有什麼樣的幸福吧。提到在身邊的幸福，我個人最先想到的就是「空氣」了。也許有人會覺得空氣的存在是理所當然，為這種事感到幸福實在很愚蠢，但如果沒了空氣，我們根本就活不下去，不是嗎？太陽亦然。像是空氣與太陽這般的幸福，是否有人忘了呢？

舉例來說，像是能和父母在一起的這種幸福感，對於沒有父母的人來說，一定很希望自己也能感受到——光是父母能夠在身邊，就已經是多麼幸福的事哪，可是，有些人卻輕易地忘記這種幸福。另外像是擁有健康也是。身體健康的時候，不懂得珍惜，等到一旦生病了，才體會到健康原來是一種幸福。此外，有家可歸這種幸福亦然。希望各位能從每天覺得理所當然的事物當中發現幸福。

感受靠自己勞動所帶來的幸福，也是很幸福的一件事情。例如家中走廊邊的玻璃窗髒了，那麼在星期日早上比家人還早醒來，趁著母親準備早餐時把窗戶擦乾淨，等到吃早餐時，玻璃窗已經明亮潔淨，這會是多麼讓人覺得愉悅的事情哪。或是把鞋子、木屐等等家裡的鞋類全部擦得乾乾淨淨，完成後感到的幸福，會讓人難以忘懷。

「對於自己沒有的幸福感到不滿」

各位還記得前面提過的《青鳥》一書嗎？本書故事中，樵夫的孩子泰爾與米笛兒這對兄妹，為了找尋幸福——也就是尋找「青鳥」——他們造訪了各個國家。故

青鳥 1956 年

幸福就存在於自己感受到幸福的那個瞬間。無論遇到何事都能從中感到幸福的人，便能擁有許多這樣的瞬間，可說是真正幸福的人。

——摘自 1956 年 11 月號

事是從聖誕夜開始的。泰爾與米笛兒沒有聖誕禮物，也沒有聖誕大餐以及聖誕樹。這對兄妹雖然很貧窮，但他們得到了父母的吻，然後很幸福地睡去。對兄妹來說，這樣已經非常幸福了。

但他們半夜醒來睜開眼，發現自己的房間很昏暗，鄰居家裡卻燈火通明。透過窗戶一看，鄰居家中的孩子正圍繞著聖誕樹，愉快地玩耍著。聖誕大餐多得像山一樣高。泰爾與米笛兒看到這是自己所沒有的幸福，感到了至今為止從來不曾感受過的不滿。

此時，有個奇特的巫婆出現了，問他們是否知道青鳥在哪裡。

泰爾與米笛兒的房間裡面有一隻青鳥，但這位巫婆卻說：「才不是這種鳥，我在找的，是顏色更深的青鳥哪。」這就是我們平常所說的「著魔」了吧。他們所著的「魔」，就是這位巫婆。巫婆的一番話，使得泰爾與米笛兒對自己缺少的幸福感到不滿，明明他們已經擁有青鳥，卻還想要找到「顏色更深的青鳥」——也就是更大的幸福。因此，泰爾與米笛兒踏上了旅程。

他們首先造訪的是「回憶之國」。在這裡，有已經去世的爺爺奶奶以及兄妹們。在這個國度裡，花朵綻放得美麗，蝴蝶翩翩飛舞。而且這裡有著青鳥。不過兩人在這裡得到的這隻青鳥，在他們一踏出「回憶之國」時，突然就變成黑色的了。回憶總是快樂又美好，讓人感到幸福，但終究只是回憶而已。抽離了回憶就失去了色彩，並不是真正的幸福。

「屬於各位的青鳥就在身邊」

泰爾與米笛兒接著造訪了許多國家尋找青鳥，但總是遍尋不著真正的幸福。故事結尾，是兩人從夢中醒來。兩人睜開眼，發現聖誕節早上的陽光和煦，窗邊原本就養在籠中的那隻青鳥美妙地鳴叫著。

「啊，原來青鳥在這裡。」兩人打開籠子，想取出青鳥時，青鳥突然從兩人手中掙脫，不知飛向何處了。

兄妹兩人努力尋找的青鳥，其實就在自己家中，甚至就在枕邊鳴叫著。察覺當下生活中的幸福，並且因為找尋到的幸福而感到喜悅，但若是開心過頭，想要緊緊抓住不放，那麼幸福就會逃走——各位是否能夠理解？

若想感受到青鳥總是在自己家中、在自己身邊，想要一直感受到幸福，那麼就必須像至今為止一般努力過生活、努力感受幸福才行。

只有努力，才能夠找到真正的青鳥。

波麗安娜 1956 年

乘風而來的記憶

一九五六年五月號

五月新綠季節的風是很舒適的——四周似乎充滿了嫩葉的芳香。薰風這個詞，實在很適合形容五月的風。嫩葉的芳香乘著五月的風，吹拂過臉頰，此時昔日久遠的記憶，正如風一般，掠過腦海裡。而那些記憶一件又一件地擴散開來，牽引出過去的種種並陸續浮現。

仔細想想，每當五月新綠季節的嫩葉芳香掠過臉頰時，從前的回憶，便會在你的心中甦醒嗎？你的回憶總是懷念又充滿喜悅的嗎？若是如此，那麼你可說是一位真正幸福的人。不過，回憶當中也有令自己不快的——想要遺忘的事情吧？

如果所謂回憶，是指在遇上某個契機時，就會回想起的某個往事，那麼所謂回憶，是否指的就是過去的生活呢？過去日子裡的生活，若在心中甦醒，就是回憶

少年維特的煩惱 1958 年

了。因此每個當下不經心過著的生活，過了幾年——甚至是過了十幾年，都會成為回憶而甦醒過來。

如果每天都用心當個優秀的人，遇上苦難也努力不退縮，不忘尊敬年長者，過著美麗的每一天，那麼當然現在會感到幸福，而過了幾年之後，想必回憶起來也是懷念、愉悅且美好的。當遇上某個契機時，掠過心中的回憶如果都是美好的，想必你的心中會一直洋溢著幸福吧。

「容易留下遺憾的日常生活」

只不過，即便我們用心努力想好好生活，還是會出乎意料地留下遺憾。舉例來說，你是否曾經對某位朋友感到憤怒不快呢？當下還可能因為太過憤怒，跟其他朋友說了那人的壞話，說得比事實還嚴重，或是中傷了對方，陷那人於不義。

若發生了類似這樣的事情，想必你會感到悔意：「唉呀，我做了壞事。」即使只有一件憾事，也會讓人覺得悲傷起來。那麼，如果有很多這樣的遺憾，又會變得如何呢？而且遺憾的原因，是由於你的惡意，而中傷他人——這麼一來，每天都得抱著不舒服的心情過日子。

當下的每一天，並非都是令人不愉快的。日子一天天過去，做了壞事的感覺或許會漸漸變淡。不過即使與那位朋友和好了，將來某日若想起了過去，心中的記憶再度甦醒，想起自己當時對朋友實在做了很過分的事情，想必心情又會黯淡悲傷了起來。

「為了擁有美好又愉悅的回憶」

我曾經從一位女性那兒聽說這麼一件事。這位女性的家境並不富裕，某次與朋友一同外出時，大家約好要穿制服以外的服裝。她沒有適合的洋裝，但又很想做一件新的，於是懇求母親，母親卻不聽從她的要求。但這位女性也不想退讓。

於是她不小心說出：「大家都有，卻只有我沒有，我真是不幸哪。媽媽你真沒有資格當母親。」結果母親瞬時語塞，若有所思，爾後總算答應了她的要求。新的洋裝做好之後，當時那位女性的心中雖然覺得有點抱歉，卻又因為非常滿足，同時也感受到喜悅與幸福。不過她說日後回想起來，只感到很後悔。

當下即使覺得開心，但如果在將來成了不舒服的回憶，那麼只會讓人感到悲傷與不幸。這種悲傷的回憶，若是不只是一、兩個，而是有很多個，將來不斷在你的心中重複甦醒，相當折磨人。我想各位能夠明白，將來回憶在你心中浮現時，會是值得懷念的精彩？還是不堪回首的懊悔？在你當下生活的每一瞬間，都會是非常重要的關鍵。

你所擁有的回憶，如果每件事都是開心又值得懷念的，那麼生活會越來越愉悅又幸福。相反地，如果只擁有不舒服又不愉快的回憶，那麼就無法得到真正愉悅又幸福的生活。為了將來成為更好的人，成為擁有美麗又愉快回憶的幸福之人——現在請用心去過看似平凡無奇的每一天吧。

《Junior Soleil》封面　1956 年

在每日的生活當中，都要隨時留心當個擁有美麗心靈的人。這並不是爲了讓他人高興，是爲了你自己的幸福。請各位好好思量，用心實踐。如果忽略了這件事，或是有所怠慢、沒有留意，那麼便無法成爲眞正幸福的大人。

———— 摘自 1955 年 1 月號

生活裡的樂趣與責任

一九五八年七月號

每個人都有不同的立場。以家中角色舉例，父親有父親的責任，母親也有母親的責任。如果父親拋棄了父親的立場，為所欲為，那會如何呢？……家裡會變得一團亂，甚至導致不幸的結果。而母親就算沒能去細想此時的責任如何，也至少會知道為人父母卻沒有擔當是不對的。同樣的道理，十多歲的年輕人也有該負擔的責任。在這個年紀，應擔負起認真讀書、學習各種事物、好好地成長的責任，如果在生活中忘記這份責任，是極為不當的。

「娛樂」有各種方法，音樂、吃美食、美妝時尚、收集郵票、觀賞電影等等都是「娛樂」。無論是在誰的生活當中，或是無論過著什麼樣的生活，這些「娛樂」全都很重要——甚至可說是不可或缺。但身為人，應該要充分盡到「真正必須負擔的重要責任」之後，才去盡情享受娛樂帶來的樂趣。

因此，如果只是沉迷於「娛樂」，而給自己生活中真正需要承擔的責任帶來負面影響，就不能說是娛樂，而是貪圖享樂了。這並不是好事。

那麼，在「真正必須負擔的重要責任」以及「娛樂」之間，究竟有什麼關聯性呢？請各位一起來思考吧。

舉例來說，假設各位的父親非常努力地工作。這不僅是身為男人而盡了社會責任，也是身為父親而盡了家中的責任。由於父親為家庭如此盡責，所有家人們才能夠安心地生活。

可是，如果父親非常喜愛圍棋、將棋或高爾夫球等活動，所以時常翹班去「娛樂」，那又會如何呢？這麼一來，就無法說父親是盡了身為男人「真正必須負擔的重要責任」了。在家中，恐怕也無法盡到維護家人幸福的負責。

如此這般，各位的父親若忘了自己真正必須負擔的責任，應該會很想對父親念上幾句吧？

若真的有這種事情發生，著實令人難過。

那麼，如果是身為母親呢？母親的工作當中必須負擔的最重要責任，究竟是什麼？

母親若表示自己要為興趣而活，於是每天外出參加茶道或插花的聚會，比方說非常喜歡戲劇，若有新的戲上演了，就無法好好待在家中，總穿著華美服飾，花枝招展地出門。或是參加婦女會的工作，熱中於社會事業，今天慰問孤兒院、明天掃街，還得去養老院……如果你的母親是這樣的人，狀況會如何？不，即使她並沒有每天出門，但她出於興趣而沉迷於製作人偶，就算你從學校回來想和母親說說話，她也不怎麼搭理你。有這樣的母親，很令人煩惱吧。

要是這樣，父親可能也無法安心地在外工作了。結束忙碌的工作，好不容易回到家，母親卻去參加婦女會的活動，總是無法準備晚餐……一個家若是變成這樣，父親下班後就不會想立刻回家。

可是，無論是婦女會的掃街活動、插花或看戲、製作人偶，每一樣看起來都不是壞事。不管是社會事業或是為興趣而活，一般都認為是好事、好的行為。

既然如此，為什麼前面例子中的母親，會使得家人不愉快呢？不就是因為這位母親忘了身為母親的工作是什麼了嗎？

那麼，身為母親最重要的事，究竟是什麼？正是守護家庭——讓父親能夠安心在外工作、並且好好養育孩子。如果母親沒有盡到責任，只在意自己的「興趣」，就算投身公益、技藝出眾，也不能說是個好母親。因此，我們不能忘記，如果看輕了自己在家中應當承擔的最重要工作，而去從事那些被人讚許的「興趣」，最終會失去了家庭的幸福。

請想想自己的狀況。各位有不得不做的重要工作吧。

若還在上學，學生時代最重要的事，我想就是學習了。但要人一整天只是讀書，這是辦不到的。

因此在生活之中，「興趣」當然有其必要。豐富生活的興趣，能夠讓每天的工作及讀書更有效率，可說是不可或缺。依照每個人狀況不同，有些人會用音樂來豐富生活，也有人用觀賞電影來豐富生活，這些都很好。

但如果做過頭，那麼各位就會忘記非做不可的「最重要的事情」，變成只在「享樂」而已，若像前面舉例當中的父親及母親一樣，事情就嚴重了。

為了去爵士咖啡廳而翹課的人，起初可能只是為了透過音樂豐富生活樂趣而已，但卻為此翹課，不就是因為忘記了「真正必須負擔的責任」嗎？

父親有身為父親該有的生活、母親也有身為母親該有的生活，上班族有身為上班族該有的生活，而學生也有學生該有的生活方式。大家過著自己該有的生活方式，才能夠建立起最幸福、最豐裕、最和諧的家庭。

在努力工作或讀書之後而「享樂」，才有價值。

翡冷翠的少年筆耕　一九五六年

翡冷翠的少年筆耕　1956 年

關於人類該怎麼生活，我認爲最正確的生活方式，就是過著自己該有的生活方式。若你的母親不像母親、父親不像父親，那會是多令人難過的事哪。
不管你處於何種階段，請過著這個階段該有的生活吧，那才是最美好的事。

———摘自 1958 年 7 月號

何謂「女性特質」

一九五八年七月號

讓人感受到「女性特質」

關於希望各位能具備的「女性特質」，我想在此隨性舉幾個想法。

像是喜歡乾淨。舉例來說，男孩子一個人在外面住，一個月都沒有好好打掃，堆了許多待洗衣物，全部塞在衣櫃裡，說是因為要讀書和運動，沒有時間整理——雖然這並非是值得讚許的事情，但也大多不會太過被追究。不過，如果是女孩子，房間裡東西亂得沒有地方能走路，還穿著骯髒的內衣，就算說是因為讀書或忙碌，通常也難讓人覺得情有可原，坦然接受這些藉口。

還有，培養敏銳的色感吧。將家中用桌巾或窗簾，裝飾得多彩又美麗。在生活中敏銳地感受色彩，將家中布置得多彩多姿。

適度的嬌羞也是。不懂得害臊的女性，往往也很難讓人覺得舉止優美。話雖如此，也不是把手帕摺得小小、舉止扭扭捏捏的，就叫做具備女性特質。

此外，遣詞用字也是如此。並不是裝模作樣就是有女人味，也不是因為使用男性化的字詞就不像個女人。而是能夠顧慮所處場合，即便用詞嚴厲講重話，仍能留意不引人反感、不讓人沒面子，體貼他人思慮周詳——縱使是男人，能做到這些，也是發揮了女性特質。

男性的責任、女性的責任

要蓋一棟房子時，從山上砍來粗樹幹，beginning砌基底的石頭，每天聽著電鑽的聲音也不覺得刺耳，仍舊勤奮認真盡力搭建房屋，這就是男性的工作。因此，女性就用充滿真心的溫情，將食物送到工作地點，或是燒熱水讓他們洗去汗水。

接著，氣派的家建成之後，在房間掛上美麗的窗簾，打掃乾淨，考量家具擺設以便讓生活舒適，在桌上裝飾花朵，是女性的責務。要在高處打釘子，或是要提很重的水桶時，男性來幫忙——在兩人協力之下，才能夠完成舒適的住處。

就像這樣，適切地運用男性與女性在本質上的不同，大家各司其職，便能夠共同成就一番大事。

最近，有些人覺得「缺乏女性的纖細」也是一種魅力，會故意凸顯這點。

「會煮飯嗎？」

「我最討厭了，我連米飯都沒煮過，喜歡在外面吃。」

「有在打掃嗎？」

「大概五天一次吧。」

……這類在不久前還是「身為一名成熟女性不該有」的發言，如今由於對此毫不為意的人增加，甚至可能理直氣壯地拿來說嘴。

不得不承擔生活責任的男性如果討厭工作，會給家庭帶來困擾，女性亦然。若對女性的責任沒有自覺，那麼很難迎接幸福的未來。

發揮天性

如果有人被說「像個女人」會感覺很丟臉，或是認為自己遭到輕視，這是很奇怪的事——與認為自己「身為女人」很丟臉、是被輕視的人同樣奇怪。會有這種反應，顯然是曲解了「女性特質」這個用語的證據。

排除「女性特質」，這與男女平等是兩回事。男女平等，指的是男性與女性擁有身為人類相同的權利，並不是指男性與女性的性質相同。

真正意義上的「女性特質」，是非常了不起的性質。

是隨時在心中都能孕育著充滿溫情、溫柔又纖細體貼的心。

只要是身而為人，無論是什麼人，無論性別是男是女，都需要擁有這般溫柔與體貼，絕非因為是男性就不需要，但我尤其希望女性能有這樣的細心。

這是因為一般說來，女性比起男性，本來就有這種與生俱來的特質。因此若能好好培育這種天性，加以發揮，那麼就會增加女性自己的美麗光芒，讓家庭——乃至這個世界更加明亮，更為多采多姿。

我認為，這才是「女性特質」的真正意義。

也希望各位為了「幸福的將來」，好好保有這了不起的「女性特質」。

阿萊城姑娘　一九五九年

「變得美麗」這件事情，並非是誇耀自己的美麗，讓他人驚嘆。也並不是要奢侈。即使忘了穿戴飾品或化妝，也希望各位至少能夠注意衣著整潔得體。衣著整潔得體眞正的意思，是指彌補自己的缺漏，讓他人看到自己的姿態時總覺得愉快，能夠保持開朗又和善的心情。請各位不要忘記。

———摘自 1956 年 5 月號

言語創造出我們的幸福

一九五九年七月號

「言語」是為了什麼而存在？

這個月讓我們來思考什麼是「言語」吧。

我們每天都無意識地說著話，據說每個人平均一天要說上將近一萬個詞彙。其中也包括了開玩笑的話，依照解釋不同，也有近乎無意義的話。不過無論如何，我們都無法想像缺少了言語的生活會是如何。

但是，「言語」究竟是為了什麼而存在的呢？

「為了解決事情」而存在當然沒錯，但只要把事情解決就好了嗎……應該不只是如此而已。

人們為了解決事情而使用「言語」來溝通，同樣地，只要稍微改變「言語」的使用方式，那麼聽的人心中就會覺得很溫暖，或是感到幸福。相反地，也能讓人打從心底感覺不舒服、不愉快，甚至連活著都覺得厭煩。

這是因為「言語」必定可以反映出發話者心中的冷暖。

我想誰都曾有這樣的經驗吧。和人談話時，內容本身明明沒有任何不愉快，但聽著聽著就莫名地感到不舒服。相反地，明明是讓人高興不太起來的談話內容，此時只要對方的話語讓人覺得很溫馨，心情就會突然感到舒暢了。即便是聊著令人生厭的話題，但因為對方的遣詞用字得宜，反倒讓人整天都覺得莫名開心。

因此，我們每天所聽到的話語，如果每字每句都出自溫暖的心，帶著關懷與體貼，便能讓人心情開朗，那麼我們每天都能夠過得神清氣爽了……各位是否這麼覺得呢？

這麼想來，我們的生活是否能過得「幸福」——甚至可以說是透過與人交談的話語所創造出來的吧。

但為什麼會如此呢？請各位好好想一想。

只是一味誇讚他人，講著不抱真心的客套話，能夠讓對方感到溫馨嗎？當然是不可能的。

有些人覺得「問候他人實在沒必要……」

我們使用的言語當中，有一些是問候語，像是「早安」或「你好」、「最近好嗎？」、「再見」、「下次見」之類。每個人想法不同，也許有人覺得每次見面都要講這些話實在多餘，甚至覺得很愚蠢、很無聊。

但是，各位曾經這麼想過嗎？這些看似「愚蠢無聊」的問候，其實是多麼能夠溫暖人心的話語。

我曾在書上看過這樣的內容——該書作者認為日本人對他人的生活介入太多，

舉例而言，在路上碰到認識的人，說了「你好，今天天氣真好哪」之後，會接著問「要去哪裡呢？」之類的。明明沒有必要問對方要去哪裡，而且根本也並不是真心想知道，只是隨口問問而已。

另一方面，被他人這樣突然問起要去哪，也不方便回答真話……只是徒增困擾而已。首先，對方要去哪裡，是他自己的隱私吧。而且就算這麼問，往往也只會得到對方一句「喔，有點事」後，接著目送那人匆匆離去。

既然這些一來一往徹頭徹尾如此多餘，而且這麼含糊其詞也算是答案，那麼一開始就沒有必要詢問對方要去哪裡吧，日本人真是喜歡問候多餘的話呢……。

還有像是見人就說「天氣真好哪」也實在是很奇怪的習慣。無論天氣好壞，我們也無法憑人類的力量改變，而且大家真的那麼在意天氣嗎？

另外像是「最近好嗎？」這種問候，其實平常根本不在意對方好不好，卻還要看來一副很關心對方的樣子。而問了之後，對方也會不抱真心地回答：「還不錯，謝謝。那您呢？」於是你就接著這麼回話：「託您的福。」明知自己過得好不好，跟對方一點關係都沒有，真是虛偽，實在沒有比日本人的招呼語更多餘又愚蠢的了……那本書上這麼寫著。

如果世界上完全沒有了「問候」

如果那本書上說的是正確的，假設世界上，即便是最簡單的問候語都因為沒有存在的必要而消失，於是人們說話都只講必要內容的話，那麼我們的生活，不知會變得多麼無趣哪。

不——不只如此，人類並非是能夠一個人單獨生存下去的。

我們心中總是強烈地希望，能與他人總是很要好、溫暖彼此、心連心活下去。而正是因為這般心情，才使得人們會自然地編織出這麼多樣的「問候」話語。

正在讀這本書的你，或許有的人不久之後就要脫離學校生活，進入職場。我想有人也已經在上班了，每天早上到公司與人見了面，首先會打個招呼道「早安」。

仔細想想，無意識說出的「早安」這句話，除了是向對方問候，我想也是為了提醒自己「今天也要從早開始努力了」吧。

如果沒了這個問候，那麼早上與人第一次見面時，要怎麼做才好呢？因為沒有要互相確認的事，所以每個人都沉默地走到桌前坐下，沉默地開始工作……長久下來，無論是誰想必臉色都很陰沉，成了性格孤僻的人。

早上用清爽的心情，開朗地與人互相道聲「早安」，只要這麼簡單，就能讓我們的生活變得多麼愉快呢。

就算兩人個性不合、互相對立，如果早上連「早安」都不說，只是沉默，那麼也不用期望哪天兩人會和好了。

如果能在早上用清爽的心情，互相道聲「早」，露出開朗的微笑，只是這樣一句話，就能使兩人之間似乎不再那麼有嫌隙了，說不定原本的裂痕還會日漸貼合，感情也會好起來。

這麼一想，人們彼此之間的相互問候雖然簡單，對人類生活來說卻是不可或缺的。我想各位應該都明白了吧。問候語表現出的，是彼此期望得到幸福的真心，是包含著值得感謝的心意。

即使是再怎麼不需客套的親子之間，也是從「早安」這句話開始一天的生活。

你的話中是否帶刺呢？

我們不經意說出的話，是否傷了別人的心呢？

舉例來說，朋友因為做了新的洋裝而開心，如果用充滿溫暖的心情說「這件洋裝真棒哪」，想來對方一定會高興地回答：

「是媽媽做給我的喔，所以我今天心情很好呢！」

就算對方回答「沒這回事呢」，心中一定還是開心不已吧。

但如果對她說「真棒哪」，接著加一句「比之前的都好多了」，想必只會讓對方心中產生芥蒂，千萬不可。

常來我這裡玩的女孩P子

從前，常來我這兒玩的女孩當中，有一位女孩叫做P子，說話總是很率直。

「我很老實的，所以我總是會直接講真話。」

P子面對什麼事情都敢說敢言，看來對自己直言不諱的個性似乎有些得意。而且P子還說：「我的朋友都說『就是這樣才像你，這是優點喔』。」

不久後她從學校畢業去工作，但她說話的方式還是完全沒變。後來我發現，總是和P子一起來玩的朋友，漸漸都和P子分開，像是在保持距離。

我覺得有些奇怪，因此問了她其中一位朋友：「最近為什麼沒有和P子在一起呢？」但對方也只是含糊其詞地說：「嗯，就有點……」沒有告訴我原委。

過了不久，我便聽說朋友們原來都對P子敬而遠之。大家都異口同聲這麼說：

「沒看過比P子更沒禮貌的人了。」

聽說某次，P子有個朋友正抱著她姊姊的嬰兒，剛好P子經過，說道：

「這個嬰兒的臉好奇怪啊……不覺得長得有點像海狗嗎？……哈哈哈，和你真像哪。」聽說當時兩人都笑了，但那位朋友卻被P子的話傷透了心。

也許那個嬰兒真的長得像海狗，而那位朋友也同樣長得很像，所以P子只是把想到的話很老實地講了出來而已。P子似乎覺得自己說的話是「老實話」，但這不叫做老實，會這麼脫口而出，是因為缺乏體貼他人之心的緣故。

所謂「老實」，或說是誠懇，的確是在人與人的生活當中，為了給彼此帶來幸福而不可或缺的。但P子的「老實」，別說給人帶來幸福了，還會傷了人的心，讓人感到不幸，可說與誠懇應有的效果是完全相反的。

P子說話的方式總是以偏概全，很多人剛開始都覺得她開朗又率直，其實對她印象很好，因此熟絡起來，但漸漸地討厭起她，朋友一個個都離開了。

與P子成為朋友的人，剛開始大多都會有一段時間，覺得P子對自己說不出口、難以啟齒的事情都能勇於暢所欲言，實在很有魅力，才會表示「這就是P子獨特之處」。但等到某天換成自己被P子道長短，或是長久交往下來，小小的不愉快積少成多，就漸漸離開P子了。

但P子仍然不曾注意到自己說的話是如何傷害了對方的心，還說：「我最討厭那些明明沒誠意，嘴上還說著漂亮話、成天恭維別人的人了，我可是把想說的話都老實說。」

在學生時期，就算每個人放學後回到不同的家庭，但因為都是「學生」，其實不會感到彼此的環境差異很大，因此P子的說話方式也許行得通，但過了那個時期，每個人都有不同的生活方式，開始往不同的道路前進，年少輕狂覺得大不了的事情，出了社會後卻會感到大大地受到打擊。

使用真正有魅力的「言語」

以上討論了各種關於「言語」的思考。在與人談話時，我們總希望話題是能夠令人開心的。但無論談話談到多麼開心忘我，也希望各位別忘了要抱持體貼的心，時時站在對方的角度思考，不說傷人的話。

人與人是靠著「言語」來聯繫的。進一步地說，其實該說是以「感情」來聯繫的才對。只是沉默，並無法把感情傳達給對方，因此感情還是必須轉換成言語來傳達給對方。既然如此，人與人之間的聯繫，我想也可說是以言語來連結的。

各位若想得到真正的幸福，就要成為能夠被大家喜愛的人。

而要被大家喜愛，各位則需要有顆溫暖又懂得體貼他人的心。如果能夠成為擁有溫暖心靈的人，你的一聲「早安」或「你好」等問候，想必也都能夠在對方的心中引起共鳴。

期待《ジュニアそれいゆ（Junior Soleil）》的每一位讀者，都能成為懂得使用美麗言語傳遞溫暖的人。

中原淳一

雜誌工作

中原淳一費盡一生，持續地爲女性製作與編纂雜誌。此處介紹代表性的雜誌——同時也是淳一發表作品的舞台。

少女之友
《少女の友》

淳一自十九歲開始擔當《少女之友》（實業之日本社）的插畫，非常受歡迎，其後共在八年之內，擔任了封面畫家、卷首插圖、插畫，以及附錄與編輯工作。這是他從事編輯工作的起點，在這個時期使他也對少女雜誌應有的樣貌做了深入思考。

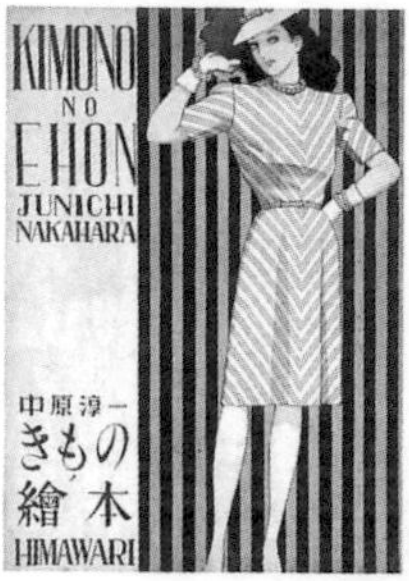

服裝繪本
《きものノ絵本》等時裝誌

一九四〇年，他在日本發行第一本由日本自製的時裝誌。內容以洋裝爲主，採用郵購發行而創下驚人的銷售量，其後於每年夏秋一年出版兩次，每次採用不同標題、針對不同年齡層的對象出版，直至淳一病倒爲止。

「太陽之子，向日葵。法文稱做「Soleil」。她的花語是高貴、強韌、美麗。充滿夢想與憧憬之心。新型態時裝誌《それいゆ》（Soleil），便如同花語所述一般，內容囊括了生活的內在與外在的形式，不斷地孕育出充滿知性的嶄新流行。」

Soleil
《それいゆ》
(1946年～1960年•63期)

這是他第一次親自編纂的婦女雜誌。二戰結束後，應該充滿夢想的女學生們，卻都得忙著搶食糧。淳一決心爲人們找回夢想與希望，因此做出這本雜誌，提供意見給人們參考，即便物資不足，也要過著眞正美麗的生活。創刊號一下子就售罄，其後出版了十四年，療癒了女性心靈的渴求。

「我希望女性們能夠美麗、聰慧、溫柔、擁有思考力，因此有了《それいゆ（Soleil）》的誕生。但我認爲若爲了塑造出這般的女性，也必須有適合這種少女閱讀的雜誌。」

《ひまわり（向日葵）》
(1947年～1952年・67期)

《Soleil》創刊的隔年，淳一爲了十多歲少女出版了這本雜誌。捨棄戰前少女雜誌的感傷主義，雜誌中每一頁都充滿了美麗及樂趣。目的是要孕育出少女們的憧憬及希望，並且希望少女們透過雜誌而接觸的內容，能在無形當中對她們的人格養成有幫助。

《ジュニアそれいゆ（Junior Soleil）》
(1954年～1960年・39期)

淳一居住於巴黎時便有此構想，回到日本後，他發行了這本給年輕世代的雜誌用以取代《向日葵》。這本雜誌帶有美式風格，充滿了流行又明快的新感受，當時受到年輕讀者們的狂熱支持，甚至不分男女。

「現今的時代，只要有錢，沒有什麼得不到的，因此可說是人們總是憧憬過度奢華的時代。既然如此，我接下來對女性還有什麼願景呢？因此我將想法一個個整理出來，編輯出了這本嶄新的《女の部屋（女性房間）》。」

《女の部屋（女性房間）》
(1970年～1971年・5期)

淳一數次病倒，過了十幾年的療養生活，但其後仍然不減對製作雜誌的熱情，發行了《女性房間》。但他在這一年之內又病倒三次，所以只做了五期便不得不休刊了。

身爲時代先驅的中原淳一

20 歲左右

中原蒼二（設計師・淳一次男）

曾經有個年代，許多人從少女時期經歷思春期、成長為一名成熟女性，都是在中原淳一的雜誌陪伴下一同度過的。這當中有不少人，即便未曾與淳一謀面，也會說自己是「被中原淳一拉拔長大的」。淳一的雜誌厭惡那種為了暢銷不擇手段的膚淺商業主義，他不斷地基於他一貫的審美意識及信念，傳達他的思想給讀者們。讀者們對他的感念，便是最好的證據吧。

昭和初期提到以少女們為讀者的雜誌，就只有一些唬騙小孩的幼稚內容，在這樣的時代，年僅十九歲的淳一以《少女の友》（少女之友）插畫家身分出道。他接著領會到「少女」是介於兒童與大人之間微妙的年齡，應該有更適合的雜誌才是，因此以插畫家的身分，開始參加編輯會議。淳一所構思的企劃，包含雜誌附錄在內，總是得到少女們莫大的

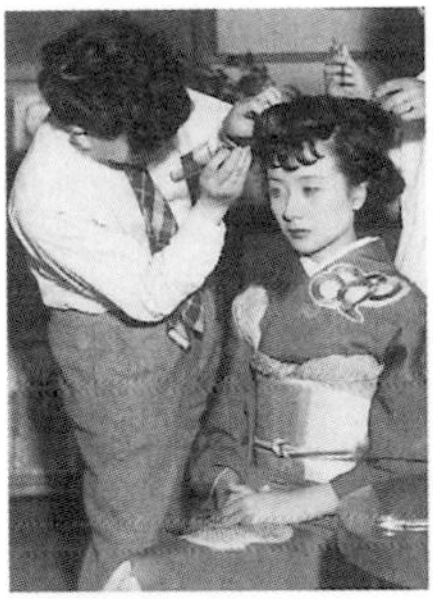

幫模特兒綁頭髮

參加廣播演出

《少女之友》時期

支持，其後直到二十七歲為止，淳一活躍於《少女の友》這個舞台。透過雜誌這種媒體能做些什麼呢？能夠傳達給讀者什麼呢？讀者又會怎麼接收資訊呢？淳一關於雜誌編輯的基本思維，在這傾注年輕熱情於工作的時期成形。

在這個時期淳一也書寫搭配插畫的文章，而他所繪製的少女畫，也與《少女の友》時代的抒情畫不同，帶給讀者美與喜悅，並且擁有訴諸於讀者人生態度的強大力量。淳一的畫，從抒情畫成長到擁有意志的少女。他的畫就像是一條新的分支，傳承到之後的少女漫畫世界，也可說確立了插畫這個新領域的基礎。

戰爭時期，淳一的工作不得不被中斷。戰後的東京一片荒蕪，女性們連夢想與時尚都遺忘了，只汲汲營營於果腹。他見到這樣的女性們，覺得這樣下去不行，必須培養出真正理解美麗生活為何的女性，因此創辦了《それいゆ》。

當時連紙張都很難取得，因此當初只決定製作一冊的《それいゆ》。但這就像是給女性乾涸的心靈倒入了泉水一般，受到人們喜愛，所以接著又製作了第二冊、第三冊，直到昭和三十五年（一九六〇）淳一病倒為止，總共出刊了六十三冊。

淳一最初製作《それいゆ》時，想做的書是——希望讀者閱讀時，能夠不知不覺當中了解真正的美好生活，並且能成為溫柔、美麗、聰慧的女性。這樣的想法讓「活得美麗」成了淳一生涯當中不斷追求的主題，也傳承到淳一其他的雜誌、以及他在各領域的工作之上。

而他為了製作這本雜誌，從企劃、排版、校正、設計洋裝、徵選模特兒、決定拍攝地點、穿著、妝髮、攝影構思、雜誌主筆及插畫，全部都由他自己完成。淳一的才能及人氣也受到其他領域的矚目，像是參加電視及廣播演出，以及演講、評審、演藝圈製作人、香頌的歌詞翻譯、以人偶作家身分舉行講習會、指導造型設定繪畫、電視節目導演等等，活躍於各種領域，可說是沒有界限。淳一自己曾表示，他的工作是雜誌編輯，是透過「雜誌」這個媒體從事自己所能擔任的工作，做著做著，就被周圍的人們冠上了各式各樣的名號。但他在每個領域所留下的作品，每一樣都是一流的，其中也有不少傳承至今，成了現代的先驅。

他每天過得忙碌，幾乎沒有睡眠時間，在四十五歲抵達事業高峰，之後卻因過勞引起心臟病發作而倒下，隔年甚至引發腦溢血，被醫生禁止工作，不得不過了十年的療養生活。其後雖然漸漸地重返工作，但卻因為太過勉強，身體無法完全康復。他於五十九歲時退休。至七十歲去世為止，淳一在海邊城鎮過著療養生活。療養中的他雖然無法工作，但對於美的創作欲望卻未衰減，使用現成的材料製作窗簾或桌巾，還幫漁夫們的妻子綁頭髮或穿和服，或接受年輕人諮商，在地方上受眾人景仰。

過著療養生活的淳一，離開了工作，不為他人、只為了滿足自己的創作欲望，製作了許多人偶。他用自己的舊毛衣或碎布、綑綁包裹用的繩子、在海岸撿到的樹枝等身旁物品所製作的青年及小丑人偶們，總是隱含一抹人生的哀愁與憂傷，深深打動觀賞者的心。

繪畫時的肖像側寫

與巴黎的孩子們合影

淳一從幼時就被稱為「天才」，由於肉體似乎無法追趕得上腦中迸發的才能，是不惜犧牲睡眠時間持續創作、步履不停地走過人生的一位藝術家。對他來說，「美麗」不只是外表所展現的，是指溫柔、體貼、對弱者及苦惱之人的愛，以及謙讓的美德、乾淨清爽等等人類理當展現的一切樣貌。此外，他認為能夠過著美麗的日常生活，人生才有樂趣，活著才能感到喜悅。

「美麗生活」不是存在於散漫度日之中的，必須了解何謂「美麗」，擁有處事的智慧。珍惜事物，培養在生活中運用各種巧思從事創造的心，加以實踐，才能夠創造出美好。淳一認為這才叫做真正的奢華，在物質氾濫的現代，他留下的話語，在在仍舊打動著我們的心。

40 歲左右的淳一

中原淳一年譜

1913 年（大正 2 年） 0 歲
2 月 16 日出生於香川縣，父親郁朗、母親志宇，是家中四男。

1917 年（大正 6 年） 4 歲
跟著父親，全家接受洗禮。

1928 年（昭和 3 年） 15 歲
進入私立日本美術學校洋畫科

1932 年（昭和 7 年） 19 歲
在銀座松屋舉辦法國人偶展。開始從事《少女之友》的插畫、封面畫、附錄等工作。

1940 年（昭和 15 年） 27 歲
在麴町開設販賣淳一商品的精品店「向日葵」。與葦原邦子結婚。由於想法與軍隊相違，因此從《少女之友》引退。發行日本第一本造型書籍《服裝繪本》。

1946 年（昭和 21 年） 33 歲
設立「向日葵社」。同年發行婦女雜誌《Soleil》。

1947 年（昭和 22 年） 34 歲
發行月刊少女雜誌《向日葵》。

1950 年（昭和 25 年） 37 歲
擔任第一部完全由日本人自製的音樂劇「Funny」當中的劇本、導演、道具、服裝、宣傳美術等工作。

1952 年（昭和 27 年） 39 歲
《向日葵》於 12 月號停刊。

1954 年（昭和 29 年） 41 歲
發行《Junior Soleil》。

1959 年（昭和 34 年） 46 歲
工作時因腦溢血倒下，從此過了大約十年的療養生活。

1960 年（昭和 35 年） 47 歲
《Soleil》於 8 月發行第 63 期之後停刊、《Junier Soleil》於 10 月號之後停刊。

1970 年（昭和 45 年） 57 歲
發行《女性房間》。卻又因病倒下，雜誌在一年後停刊。

1983 年（昭和 58 年） 70 歲
4 月 19 日逝世。

玩味系 002

幸福的花束

作者　中原淳一
譯者　王文萱
監修　株式会社向日葵屋
責任編輯　小調編集　林依俐
美術設計　RE:design
內文手寫標題　郭亭妤
印務協力　王惠婷　林依亭
編輯行政　高嫻霖

發行人　林依俐
出版　青空文化有限公司
台北市大安區敦化南路二段105號10樓
讀者服務信箱：service@sky-highpress.com

總經銷　大和書報圖書股份有限公司
電話：02-8990-2588

印刷　前進彩藝有限公司

出版日期　2022年8月　初版一刷
定價　480元
ISBN　978-986-97633-0-1

國家圖書館出版品預行編目 (CIP) 資料

幸福的花束 / 中原淳一著 ; 王文萱譯 .
-- 初版 . -- 臺北市 : 青空文化 , 2022.08
176 面 ; 13x18.6 公分 . -- (玩味系 ; 2)
譯自 : 中原淳一エッセイ画集 しあわせの花束
ISBN 978-986-97633-0-1(平裝)
861.67　　109013726

青空線上回函